아버지와 소

성공 못 한 사람이 성공한 척 쓰는 편지들

아버지와 소

| 이강민 지음 |

진심의 맛이 담긴
유쾌하고 가슴 따뜻한 이야기

개정증보판

아버지와 소

생각나눔

책을 내면서

몇 년 전,

CBMC(한국기독실업인)에서 책을 만든다고 간증문을 써 달라는 요청이 왔습니다. 감사한 일이지만 사양을 했습니다. 이유는 글을 쓸 만한 재주도 없고, 또한 글을 남길 만한 업적도 없는데다 성공하지 못했다는 이유에서였습니다.

성공한 사람들이 등장하는 책에 보통 사람들의 이름이 올라가면 책의 품격이 떨어진다는 나름의 논리에서였습니다.

세월이 흘러 아직까지도 나는 성공하지 못했지만, 내가 써놓은 글들이 여기저기 공간에서 하나둘씩 신음하며 사라지는 것 같아 그런 글들에 미안하다는 느낌이 들었고, 이것을 한 묶음으로 정리해야겠다는 생각을 하게 되었습니다.

정식 작가가 아니므로 이 동네 저 동네 문방구 복사 집을 기웃거리자, 복사 집 아저씨가 작가님이 정식 출판사에서 책을 만들지, 왜 이런 곳에서 만드느냐고 묻길래, 나쁜 짓 하다 들킨 사람처럼 고개를 숙였습니다.

"저는 작가가 아니고요, 그냥 일기장을 한번 묶어 보는 거예요."

그래! 나 같은 놈이 책을 만들면 대한민국 작가들에 대한 모독이요, 더불어 고민하며 글을 쓰는 문단 지망생들의 사기를 꺾는 것이라고….

문방구 복사 집에서 백 권의 책을 백만 원 들여 만들었습니다.

이 100권을 가지고 환갑 기념으로 시골에서 미꾸라지 잡던 어깨동무 친구들과 해병대 시절 라면땅 먹으며 그 힘든 시간을 함께 했던 동기들과 맑고 투명한 우리 교회 청년부 친구들에게만 주려고 했는데, 어라? 이놈이 대낮에 술을 처먹었나, 아니면 새벽에 나 몰래 비아그라를 잡수셨나? 한 권 두 권 슬쩍슬쩍 없어지더니 매진이 돼버렸네요. 완전 거덜 나는 매진이….

어라? 줄 사람은 따로 있는데 큰일 났습니다.

"야! 너 책 만들어 돌린다는데 나는 사람이 아니냐? 너 사람 차별한다." 하는 음성이 음표의 높은 도처럼 날카롭게 들렸습니다.

이래서 또 200권을 만들고, 다시 300권을 만들었습니다.

그래도 제 책을 보고 너무 감동해 밤새 펑펑 울었다는 아줌마,

「내 친구 홍순이」는 너무 웃겨 자다가 일어나 껄껄 웃었다는 아저씨, 책이 한 권뿐이어서 아랫집 윗집 돌려 본다는 얘기에 기백만 원의 돈이 아깝지 않았습니다.

'아! 작가들이 이런 즐거움으로 글을 쓰나 보다.'
이런 와중에 생각나눔이란 출판사에서 연락이 왔습니다.
한번 책을 만들어 팔아 볼 의향은 없으시냐고.
밤새 배를 잡고 웃었습니다.
맞춤법도, 띄어쓰기도 제대로 모르는, 순전히 어깨너머로 배운 국민학생 일기장 같은 내 글을 책방에서 판다고요? 그것도 돈을 받고?
남의 책을 고작 봐야 삼국지나 보고 영희와 철수가 보리밭에서 하는 삼류소설이나 읽던 내가…. 그러나 그 일은 벌어졌고, 『아버지와 소』란 제목의 내 일기장에서 그 소가 세상 밖으로 간덩이가 부어서 뛰쳐나왔습니다

처음 부천 교보문고 진열대 중앙에 내 책이 쭉 진열되어 있는 것을 보고 얼마나 감격했는지! 한 권을 구입해 아는 후배에게 사인을 해서 주었습니다. 인기 스타처럼….
내가 건넨 책을 받아든 후배는 내 책과 내 얼굴을 번갈아 보고 무

척 놀라워했습니다. 작가와 전혀 어울리지 않는 외형과 지적인 냄새가 하나도 없는 촌놈 같은 인상에 무슨 뚱딴지같은 책이냐며….

보통 책을 보면 처음 제목과 저자의 이력을 봅니다. 제 이력은 간단했습니다.

철공소 수준의 승강기 회사 사장, 그리고 대학은 해병대. 더 이상쓸 것이 없더군요. 읽어보면 살아온 흔적이 책 속에 다 있는데. 지금도 내가 책을 주면 앞장 작가의 이력을 보고 실망하며 픽 웃는 분이 있습니다.

무슨 대기업 승강기 회사 회장도 아니고, 군대서 별 달고 제대한 것도 아닌, 병장 출신이 이력이라고 하며, 벌써 책의 내용과 수준에 점수를 주는 분이 있습니다. 내 이력에 실망한 그런 분들이 전화를 많이 해옵니다.

사장님 책 너무 감사하다고, 정말 오랜만에 맛있는 책을 읽었다고.

처음, 『인생과 어깨동무하다』라는 제목으로 내 글이 세상에 나왔습니다. 그리고 이내 글에 대한 욕심이 과하여 『아버지와 소』란 원래의 본명으로 돌아가 다섯 번째 판을 찍습니다.

책방에서 돈을 내고 제 책, 처음 1, 2, 3, 4부를 구입하신 독자님에게 무한 감사드리고요. 제 부족한 글이 독자의 삶을 조금이라도 아름답게 빛내주는 그런 반딧불 같은 역할이 되었으면 하는 것이 제 바람이며 진짜 책을 낸 이유이기도 합니다.

절망이라는 이름표 대신 '자살'을 '살자'로 뒤집는 신호등 같은 책이 되었으면 하는 바람 간절하구요.

돈이요? 책 팔아 돈 벌었느냐고요? 조금 번 것 출판사 직원들과 다 먹었습니다. 그리고 인지대는 전부 자선단체에 기부하기로 했습니다. 이 책은 처음부터 돈 벌려고 낸 책이 아니니까요.

학별도 없는 남편이 책 내는 거 비웃지 않고 격려해주고, 기도해준 아내와 아들 며느리에게 고맙고, 내 글을 이곳저곳에서 찾아 여기저기 방송에 올린 처제 최혜숙 님, 그동안 방송에 나왔던 20여 편의 글을 묶어 깔끔하게 정리해준 처남 최세영 님, 모두에게 감사드립니다.

글, 방송에 올려 상품 많이 받으셨냐구요?

네, 많이 받았습니다. 냉장고, 세탁기, TV, 백화점 상품권 등등. 하나 그 상품 저하고는 관계없습니다. 원래 상품을 받으려고 원고를 보낸 것도 아니고…, 홍성 요양원의 형이 계시는 곳에 모두 보냈으니까요. 한 번은 홍성 요양원에서 전화가 왔어요. 방송국에서 점심 식사권이 왔는데, 장소가 춘천인데 점심 먹으러 홍성에서 어떻게 가느냐며…. 어떤 사람은 제 글이 방송에 나오면 '야, 좋겠다'며 상품 뭐 받았느냐고 그거 먼저 물어보대요? 그래서 마음이 좀 쓸쓸할 때도 있어요.

『아버지와 소』는 유튜브를 타고 전국을 떠돌다 남미, 유럽까지 퍼져 외국에서도 카톡이 날아옵니다. 글을 너무 감동 있게 읽었다고.
졸지에 유명 인사가 되어 그저 몸 둘 바를 모르고요.

또한, 생각나눔의 아름다운 분들이 책을 모양 나게 출판해 주셨고요. 해병대 출신 하나만으로 추천사를 써 주신 짚신문학 오동춘 회장님, 스무살의 시퍼런 청춘을 함께하며 왜 사는가에 대하여 처절하게 고민했던 형 같은 아우 신현배 시인, 집사보다 못한 사람을 장로님으로 대우해주시는 송규의 담임목사님께도 감사드립니다.

추천사를 써주신 목사님 말씀처럼 올해에도 싱겁게 살았으면 하는 바람입니다.

2024년 봄
이강민

싱거운 사람의 글

내가 아는 이강민 장로님은 참 싱거운 사람입니다.

할머니들로 구성된 샬롬 성가대 30여 명 모두에게 다 명함을 만들어 드렸습니다. 사실 명함 만들어 드리는 것은 참 싱거운 일입니다. 이분들이 그 명함을 어디에 쓰겠습니까? 그 명함을 나누어 줄데도 딱히 없습니다. 또 쑥스러워서 남에게 명함을 내미시는 숫기도 없으십니다. 그러나 이분들에게 자기 명함은 평생 가장 소중한 애장품입니다.

이분들은 평생 자신의 이름 석 자를 누구에게 내밀 형편이 아니었습니다. 남편에 가려지고 자식들에게 가려지며, 이름도 없이, 빛도 없이 희생하는 인생을 살아오셨습니다. 숨겨진 인생을 살아오신분들에게 명함을 새겨 드리는 것은 하나의 퍼포먼스입니다.

명함을 선물하는 것은 참 싱거운 일인데, 거기에 사랑과 진심이

스며있습니다. 사람의 마음을 훈
훈하게 하는 온기가 있습니다.

싱거운 사람이 쓴 글도 다 싱겁
습니다. 글에 양념이 배어있지 않
습니다. 기교도 없고 흉내도 없습
니다. 그냥 투박하고 서투릅니다.

싱거운 마음으로 살아가며 그
때그때 떠오른 싱거운 생각을
거침없이 몸으로 살아내며 써내
는 글이기에 싱겁기 그지없습니

다. 그래서 이강민 장로님의 글에는 사람의 맛이 납니다. 버무려지
지도, 꾸며지지도 않은 진심의 맛이 납니다.

이 책을 읽으며 함께 싱거운 사람이 되었으면 좋겠습니다.
저도 제맛을 잃어버리지 않도록 싱거운 사람이 되고 싶습니다.
예수님도 싱거우신 분이셨을 테니까요!

/ 약 력 /   약대교회 담임목사 송규의

■ 감리교 신학대학교 겸임 교수
■ 목회학 박사
■ 감리교 중부 연회 엠마오 영성 대표

감동이 샘솟는 이강민의 알곡 수필

작가 이강민 후배는 2005년부터 수필을 써 왔고, 그 수필이 문화 방송, 기독방송, 극동방송 등에서 전파를 타고 많이 발표됐다.

그 작품이 다섯 번째 엮는 책『아버지와 소』에 모두 실려 있다.

수필은 가장 개성적인 자기 고백의 문학이다.

수필가 김진섭(1903~?)은 수필은『수필의 문학적 영역』에서 '무형식의 글'로 정의했다.

그리고 시인 김광섭(1905~1977)은 그의『수필문학 소고』에서 '수필은 붓 가는 대로 쓰는 글'이라 말했다. 수필은 그 사람의 인간성을 적나라하게 드러내는 장르라 했다.

김진섭, 김광섭의 수필 정의대로 이강민은 그의 어린 시절과 가족 이야기, 서부전선 최북단 말도에서 겪은 해병대 생활, 신앙인으로 교회에서 체험한 생활, 사회생활의 애환 등을 소재로 하여 유려

한 필치로, 그야말로 구수하고 훈훈한 인간미 넘치는 수필을 가식 없이 적나라하고 짜임새 있게 30여 편을 잘 창작했다. 모두 미적 감동이 넘치는 알곡 수필이다.

가슴에서 우러나오는 내심의 소리를 거미줄처럼 줄줄 나오는 산뜻한 문장력으로 해학과 기지가 물씬 풍기는 알찬 수필을 잘 엮은 것이다.

『아버지와 소』 수필집을 손에 들면 그 흥미진진한 이야기와 뛰어난 사실적 문장력과 교훈적 가치에 매료되어 한 권의 수필집을 단숨에 다 읽게 된다. 수필은 허구가 없고 모두 일인칭 자기 고백으로 내용이 진실하다.

결코, 거짓을 담을 수 없다. 제재가 다양한 수필 소재에서 이강민은 가족 이야기로, 고난을 겪는 부모님과 맞선 보고 열흘 만에 결혼한 아내 이야기가 담긴 작품 『아버지와 소』는 효 의식이 주제로 보이는 감동적인 대표작이다.

그밖에 군대생활과 관련된 「내 친구 홍순이」, 충무공 이순신 장군 난중일기 같은 「장모님 일기」, 이강민의 신앙심과 믿는 형제 사랑의 인간미가 드러난 「눈물의 떡」, 「고 조용덕 권사님께」 등의 작품이 큰 감동을 준다.

팔촌 이강욱에 대한 뜨거운 사랑과 우정을 그린 「팔촌 이강욱」과 사랑하는 청년 준희에게 쓴 감동의 편지,

친구의 우정이 남달리 뜨거운 이강민의 사나이다운 작품 「어깨동무 친목회」, 「세월호의 친구」도 교훈적 감동이 담긴 작품이다.

이강민 수필은 모두 미적 가치와 샘솟는 감동을 주는 작품이다.

인간성이 선량하고 회사 또한 잘 이끌어 가며, 의리와 예의가 깍듯하고 교회 봉사, 이웃돕기 잘하는 해병정신 투철한 이강민 후배,

자랑스러운 신화를 창조하는 나의 후배 이강민의 『아버지와 소』의 출판을 축하하며 수필가로서 한국문단, 더 나아가 세계문단을 크게 빛내주기 바란다.

또한 기독신문, 해병대 신문에도 좋은 글을 연재하여 많은 호평을 받고 있으니, 선배로서 기쁘기 그지없습니다.

- 2024. 1. 14. 송골 서재에서 -

문학박사. 시인, 전 연세대 사회교육원 교수 오 동 춘

/ 약 력 /

■ 1937년 일본 출생
■ 짚신문학 회장. 한국 장로 문인협회 회장 역임
■ 한글학회 이사. 세계한글화운동본부 자문위원장

감동과 재미를 주는 글

　내가 이강민 형을 처음 만난 것은 지금으로부터 34년 전인 1979
년 가을의 어느 날이었습니다. 『샘터』라는 잡지를 통해 '샘터문학
회' 모임이 결성되었는데, 그 자리에서 그를 만나 인사를 나누었습
니다. 이강민 형은 여느 글쟁이들과는 확연히 달랐습니다. "나는 시
인도, 작가도 아니다. 그저 문학이 좋아서 시집 나부랭이, 소설 나
부랭이를 찾아 읽을 뿐이다. 내가 쓰는 글은 문학 작품도 아니고,
배설물 같은 일기에 불과하다. 생각날 때마다 잡기장에 끼적이는
낙서라고나 할까?" 이렇게 털어놓는 것이었습니다.

　그의 문학은 장르가 따로 없었습니다. 음식으로 비유하자면 '따
로국밥'이 아니라 '잡탕'이었습니다. 그가 쓰는 글 속에는 시도 있
고, 소설도 있었습니다. 동심의 문학이라는 동시와 동화도 있었습
니다. 그뿐만 아니라 붓 가는 대로 쓴다는 수필, 세상만사를 비평

하는 평론도 있었습니다. 그런 모든 장르가 편지라는 형태 속에 녹아들어 독특한 맛과 향기를 내는 것이었습니다.

이강민 형이 이번에 출판한 『아버지와 소』는 편지글을 모은 것입니다. 나는 이 책을 읽으면서 어느 장면에서는 눈시울이 뜨거워졌고, 또 어느 장면에서는 배꼽을 잡고 웃었습니다. 한국인의 기본 정서인 해학을 바탕으로 그가 진솔하게 들려주는 이야기들이 감동과 재미를 주기 때문이었습니다.

내가 이 책을 읽고 놀란 것은 가족 이야기를 빼면 대부분 이야기가 교회와 교회 사람들 이야기라는 것입니다. 사실 나는 80년대를 보낸 뒤에는 그와 연락이 닿지 않아 오랜 세월 그의 소식을 모르고 지내왔습니다. 그런데 최근에 연락이 닿아 이 책을 읽어 보니 그가 그동안 교회에서 꾸준히 신앙생활을 해왔음을 확인할 수 있었습니다. 그가 이만큼 사업을 일구고 모범적인 가정을 이끌며, 보람된 삶을 살아올 수 있었던 것도 교회 일에 충실하며 하나님의 복을 구했기 때문이라는 생각이 들었습니다.

20대에 한창 방황할 때도 그는 교회를 떠나지 않았습니다. 가출하여 떠돌이 생활을 할 때도 어느 지역에 가든, 그가 제일 먼저 찾아간 곳이 교회였습니다.

당시 그는 예배 시간에 묘한 버릇이 있었습니다. 꼭 노트를 챙겨 들고 예배에 참석하는 것입니다. 그랬다가 목사님 설교 시간에는 노트를 펼쳐 들고 글을 끼적였습니다.

이 책에 이런 이야기가 실려 있습니다. "아무리 조용한 곳에 가도 건축 구상이 잘 안 떠오르는데, 꼭 주일 목사님 설교 시간에는 작품의 구상이 잘 떠올라 예배 시간에 꼭 노트를 챙겨 작품 구상하러 교회 간다."라는 구절의 건축 설계사 이야기입니다. 그런데 이것은 남의 이야기가 아니라 실은 이강민 형 본인의 이야기랍니다. 그러던 그가 큰 교회 성가대장·청년부장직을 맡아 주의 일에 충성하는 것을 보니 참 감개무량합니다.

그는 시골에서 남들이 다 하는 농사는 안 짓고 집에서 잉꼬, 십자매 등 3천 마리의 새를 길렀습니다. 방 안을 가득 채운 새들이 한꺼번에 지저귀면 얼마나 시끄러운지 모릅니다. 그런데 새들이 주인을 알아보는지, 이강민 형이 손뼉을 한 번 치면 새들은 일제히 입을 다물었습니다. 금방 쥐 죽은 듯이 조용해졌지요. 마치 "합죽이가 됩시다. 합!" 하고 합창한 직후의 어린이집 교실 같았습니다. 정말 신기했지요.

지금 생각해 보니 세상 물정 모르는 스무 살 청년이 이강민 형을 만나 세상에 눈을 뜨고, 본격적인 습작기를 가질 수 있었던 같습니다. 이강민 형은 내 젊은 날에 잊을 수 없는 인생의 스승이자, 소중한 벗이었습니다. 이 자리를 빌려 고맙다는 인사를 전합니다.

그는 올해 환갑을 맞이했다는데, 여전히 문학청년 같은 객기와 순수함, 좌충우돌하는 돈키호테 기질을 갖고 있습니다. 나는 그런 그가 부럽기만 합니다. 그는 영원한 문학청년으로 남아 남들이 가지 않는 자기만의 길을 황소걸음으로 뚜벅뚜벅 가고 있기 때문입니다. 아무쪼록 그의 길에 하나님이 늘 함께하길 기도합니다.

시인, 아동문학가 신현배

/ 약 력 /

- 1960년 서울 출생
- 1981년 계간 『시조문학』, 1982년 월간 『소년』에 동시 추천
- 1986년 조선일보 신춘문예, 1991년 경향신문 신춘문예 당선됨
- 초등 5학년 국어 전기문 「김만덕」, 중학교 국어 시 「봄」이 실려 있음
- 청구 문학상, 창주 문학상, 한국 동시 문학상, 아동 문학상 등
- 시집 거미줄, 산을 잡아오거라, 독도 이야기 등 수 편이 있음

우연이 아닌 **인연**

오늘 만나는 사람들도 '우연이 아닌 인연'이라고 생각하고, 따뜻하고 친절하게 고운 삶을 사신 피천득 시인님이 생각납니다.

오늘 이강민 동지의 수필집 『아버지와 소』를 보며 수필이 가지고 있는 사랑, 우정, 행복이 절절히 흘러넘치는 것을 볼 수 있으며, 논리와 주제가 명확한 한 편의 은유적이고 잔잔한 글을 만난 것 같아 기쁘기 그지없습니다.

내가 이강민 동지와 인연을 맺은 것은 해병대라는 아주 특별한 국가 조직에서였고, 그 해병대에서도 0.1%만 가볼 수 있다는 서해 최북단 DMZ 안에 있는 작은 섬 말도 OP에서 근무한 그런 특별한 인연이 있었기 때문입니다. 저녁노을이 너무 몽환적으로 아름다워 선배 해병들은 그곳을 '황혼의 별장'으로 불렀는데, 그 이름처럼 그렇게 멋진 곳이 서부전선의 시작점인 말도였습니다.

 2018년 해병대 신문에서 군 시절, 말도 근무자를 찾는다는 기사를 보고 한두 명 모이면서 이강민 동지를 만나게 되었습니다.
 50년 전 정말 깡다구 하나로 뭉쳐 살던 스무 살의 청년들이 예순, 일흔, 여든이 넘어 백발이 성성한 모습으로 만나 지나온 긴 여행을 서로 풀어 놓곤 하였습니다.

 어느 동지는 월남전에서 소대장으로 그 용맹을 떨쳤고, 각자의 분야에서 모두 최고의 노력으로 최선의 삶을 살아 50년 지난 오늘 만나니 모두들 정말 수고하셨다고 손뼉을 쳐 주고 싶습니다.

 오늘 이강민 동지의 수필집『아버지와 소』가 5집 발간을 한다니 기쁘기 한량없습니다. 책을 안 읽는 스마트폰 시대, 그래도 이 정도 출판한 힘은 이강민 동지의 글이 사실을 기초에 둔 소설적 수필이며, 장르마다 웃음과 눈물을 번갈아 투하시킬 줄 아는 놀라운 식견이 각각의 문장마다 풍미롭게 지니고 있음을 확인할 수 있기 때문입니다.

더욱더 정진하여 이 시대에 정서에 목마른 사람들에게 가슴까지 적셔주는 오미자차 같은 글들을 많이 써 주길 부탁드립니다.

- 2023년 겨울에 -

시인, 칼럼니스트 김무일

/ 약 력 /

- 1943년 중국 출생
- 월남전 청룡부대 수색 소대장
- 해병대 의장대장
- 주. 프랑스 국방무관
- 외교, 안보, 국방 전략작가
- 국제 정치학 박사
- 현대, 기아 구매팀 총괄 본부 본부장
- 현대제철(주) 대표이사, 부회장
- 시인, 수필문학 고문

차례

아 버 지 와 · 소

▶ 머리말
▶ 추천하는 글

1부 아버지와 소

2부 눈물의 떡

1부

아버지와 소

아버지와 소

어머님께서 암으로 3개월밖에 못 사신다는 의사의 통보를 받고, 어머님을 병원에서 구급차로 모시고 집으로 돌아오면서 같이 타신 아버지의 얼굴을 보았습니다.

63세의 나이가 630 정도나 들어 보이는 농부의 슬픈 얼굴, 내 아버지 이기진 님은 하얀 시트에 누워 눈만 둥그러니 떠 바라보시는 어머니 남기순 님의 손을 잡고 천둥 같은 한숨을 토해내며 울음을 삼키고 계십니다.

다음 날, 아버지와 아들이 소를 팔기 위해 새벽 길을 나섭니다. 그 병원에서는 3개월이라 하지만, 서울 큰 병원에 한 번 더 가보자는 아버지의 말씀에, 집에서 기르던 소를 팔기 위해 아버지는 어미 소, 나는 송아지를 잡고 새벽의 성황당 길을 오릅니다. 아버지는 저

만큼 앞에서 어미 소를 끌고 앞서 가시고 나는 뒤에서 송아지를 끌고 뒤를 따르는데, 새벽의 차가운 공기를 뚫고 이상한 흐느낌의 소리가 들려 왔습니다. 새벽의 산새 소리 같기도 하고, 새벽바람에 스치는 갈대 소리 같기도 하고….

내가 그 소리의 정체를 알아낸 것은 얼마의 시간이 흐른 뒤 아버지가 연신 팔뚝으로 얼굴을 닦으시는 모습을 보고 난 뒤였습니다. 아버지가 소의 고삐를 잡고 우시는 것이었습니다. 소의 고삐를 움켜쥐고 흐느끼며 우시는 늙은 아버지의 모습을 보며, 나도 송아지를 잡고 얼마나 울었는지…. 처음 아버지의 눈물을 보았고, 아버지가 우시는 모습을 보았습니다.

일본 강점기와 6·25 피난 시절에도 눈물 한 방울 흘리지 않으셨다는 아버지가 이 새벽 장터로 가는 성황당 고갯길에서 새벽을 깨우며 흐느끼십니다. 아버지는 울음을 자식에게 보이기 싫으셨던지 연신 "이랴!" 소리로 울음을 숨기시며 길을 재촉하십니다.

내가 해병대 훈련소 수료식 날, 청자 담배 두 보루를 들고 인천에서 머나먼 진해까지 밤새 기차를 타고 면회 오시어 멋쩍은 듯 자식에게 담배를 주시며 "이거 네 엄마가 사 준거니까 조금씩 피워!" 하시던 나의 고마운 아버지.

너무 마른 나의 모습을 보고 "이놈아, 힘들면 높은 사람에게 힘들다고 애기해." 하시며 근심 어린 모습으로 내 손을 잡아주던 아버지 아! 그때 처음 아버지의 손을 잡아 보았고, 그때 처음 아버지의 슬픈 눈망울을 보았습니다.

얼마나 걸었을까, 안개가 걷히고 새벽에 우시장이 나타납니다. 소를 팔고 시장의 순댓국집에 아버지와 앉았습니다. 순대 한 접시를 시켜놓고 소주 한 병을 주문했습니다.

"송아지 끌고 오느라 애썼다. 참 정이 많이 든 소인데 이 소들이 네 엄마를 살릴지 모르겠다."

아버지께서 소주잔을 나에게 주시며 이런 말씀을 하셨습니다.

"강민아! 네 엄마 소원이 뭔 줄 아느냐?" 아버지의 갑작스러운 물음에 곰곰이 생각해보니 나는 엄마와 28년을 살면서 아직 엄마 소원을 들어본 적도 없었고 물어보지도 않았는데, 조금은 궁금하기도 했습니다. 아버지는 한참을 망설인 후 입을 여셨습니다. "너 장가가는 거 보고 눈 감는 거야."

아! 어머니 소원이 내가 장가가는 거라니….

아버지에게 몇 잔의 소주를 더 청해 마시며 깊은 생각에 잠깁니다. 그래, 어머니의 소원을 한번 들어 드리자. 하지만 결혼은 여건이

나 현실로 불가능한 것이었습니다. 우선 결혼할 상대 여자가 없고 , 가진 돈과 직업도 없으며, 인물도 변변치 못해 약속은 그저 약속에 그칠 수밖에 없는 씁쓸한 현실이었습니다.

소를 팔아 치료한 보람도 없이 어머니는 큰 병원에서도 가망이 없어, 다시 퇴원하여 집에 쉬시며 이제 병원에서 제시한 3개월에 한 달이 남은 상태입니다. 그런 와중에 어머니의 마지막 소원을 들어주라는 하나님의 도우심인지 형님이 다니는 교회에서 연락이 왔습니다. 여자가 있으니 선을 한 번 보라고.

어두컴컴한 부천역 지하 다방에서 딱 한 번 얼굴을 보았습니다. 나는 사실 그때 무엇을 따지고 무엇을 내세울 형편이 못 되었습니다. 그리고 사실 여자의 얼굴도 쳐다볼 용기가 없었습니다.

다음 날 빠른 엽서 한 장을 보냈습니다.
"우리 어머님께서 앞으로 한 달밖에 못 사십니다. 그래서 나는 한 달 안으로 결혼해야 합니다. 이것이 어머님 소원이며 유언이기 때문입니다. 싱거운 얘기지만 열흘 안으로 결혼해 주실 수 있나요?"
그리고 답신이 왔고, 우린 결혼을 하였습니다. 교회에서 예식을 하는데 어머님께서 병원차를 타고 오셨습니다. 아버지와 함께 앉으신 어머님께서 웁니다. 아버지도 울고, 나도 울고, 내 아내도 울고….

사정을 아시는 하객들과 주례 목사님도 울었습니다.

신혼여행을 뒤로 미루고, 인천 연안 부두에 가서 김소월 시인의 시 「엄마야 누나야」를 부르며 친구들과 어울렸던 기억이 떠오릅니다. 어머님은 보름 후 돌아가셨고, 아버지는 그해 가을 어머니를 그리다 어머니 곁으로 가셨습니다.

동갑 나이에 한동네에서 태어나시어 63세의 같은 해 봄과 가을에 돌아가신 두 분. 남들은 복 받은 분이라 얘기하지만 허울 좋은 이야기요, 그 힘들고 아프게 살아온 삶 하늘밖에 누가 알리요?

부모님의 산소를 양지바른 곳에 모시고 비석에 "하나님 아버지, 불쌍한 우리 부모님의 영혼을 받아 주시옵소서." 이렇게 새겨놓고, 그래도 이제라도 효도하는 것은 형제들끼리 잘 지내고 서로 사랑하는 것이 작은 책임 아닌가 하며 다짐하며 살고 있습니다.

나는 결혼 후 장모님을 어머니처럼 생각하며 30년을 함께 한집에서 살고 있습니다. 이젠 장모님과도 함께 늙어 갑니다. 그리고 신혼여행도 못 가고 결혼 첫날부터 어머님 곁에서 정성을 다한 아내를 위하여 10여 년 전부터 해마다 해외 신혼여행을 다녀오곤 합니다.

아버님! 이제 낙엽이 지고, 그 낙엽이 아버지 산소에 눈처럼 쌓이는 겨울이 오면 아버님의 산소에 다시 찾아뵙겠습니다.

아버지, 고맙습니다.

- 2016년 '짚신문학상' 수상
- 두란노, 아버지 학교 6월호에
- 2020년 월간조선 7월호에

장모님의 일기

2007년 **음력으로 12월 30일**, 양력으로는 12월 7일, 내 동생 차정호 하늘나라 갔다. 정말 슬프다.

2010년 2월 24일, 시계 밥을 주었다. 나도 고깃국에 밥 먹었다.

2011년 4월 5일, 새벽기도 시간 집에서 5시에 일어나 준비하고 교회 간다. 잠은 자정에 깨었지만, 교회 가면 6시 딱 맞아서 기분이 좋다.

2011년 7월 11일, 우리 손자 이욱제, 할머니 용돈 5,000원 줘서 감사하다. 첫째는 건강하고, 차 조심하기를 할머니는 기도한다.

2011년 8월 19일, 우리 둘째 며느리 선율 엄마, 감사하다. 두꺼운 옷도 사 주고 가벼운 옷도 사주어 잘 입고 있다. 잘 살아라!

2012년 2월 8일, 순천향병원에서 약 타왔다. 내가 정신이 없다고 의사 선생님께서 말한다. 나는 정신이 있는데 의사 선생님은 왜 그럴까? 그렇지만 약을 먹었다.

80이 넘으신 장모님의 일기장은 충무공 이순신 장군의 난중일기처럼 색이 노랗게 바랬다. 책이 오래된 것은 물론이고, 거기 일기장 속에는 장모님의 삶이 아프게 묻어있는, 한 편의 기막힌 역사가 배어 있다.

　나이 40대에 남편을 먼저 보내고 5남매를 업고, 이고, 둘러메고 한세상 힘겹게 살아오신 장모님이다.

　내 나이 스물여덟에 나의 어머님은 돌아가시고, 스물여덟에 결혼하여 서른 살부터 모시고 살았으니, 살아온 시간으로 계산하면 내 친어머님보다 긴 시간 동안 나와 같이 사신 장모님이다.

　이젠 서로의 나이가 60을 넘고 80을 넘어 반바지 속옷 바람에 마주 앉아도 부끄러울 것이 없고, 장모님이 화장실 목욕탕에서 늘어진 젖통을 드러내고 흔들어도 전혀 감각이 없는 우리는 함께 늙어가는 한가족이다.

　장모님의 휴대전화기 1번 단축 번호가 아들딸, 며느리, 다 제쳐놓고 큰 사위인 내가 1번이라는 사실 하나만으로 장모님과 나는 한몸이다.

이런 장모님이 요즘 치매가 심해져 온 집안을 긴장시키고 있다. 저녁을 아침으로, 아침을 저녁으로 기억하시어 해 뜨고 해 지는 감각이 떨어지시고, 문 열고 잠그는 것부터 시작해 불 끄고 켜는 것까지 너무 가르치고 연습시키는 일이 많다.

아내가 "엄마, 그건 그게 아니고 이렇게 하는 거예요!" 하고, 하나라도 알려주려 하면 괜히 슬퍼 우신다.
너도 늙어 보라며 늙은이 무시한다고, 아내는 아내대로 스트레스가 쌓여 엄마 보기를, 최영 장군이 돈을 돌처럼 보듯이 쌀쌀 맞게 돌아선다.

아! 우리 어머님, 나의 장모님이 어쩌시다가 이렇게 되셨을까?
성경 창세기부터 요한계시록까지 줄줄이 쓰시며 매일 외우시던 장모님,
70이 넘어서도 나보다 컴퓨터를 더 잘하시어 베트남에 있는 아들과 채팅으로 글을 주고받으시던 국제파 장모님.

장모님의 빛바랜 일기장을 보며 그간 살아오신 긴 여정에 힘찬 박수를 보낸다.

하나님이 부르시는 그날까지 나는 장모님을 보호하는 1번 참모로서 그 사명을 다 하고 싶다.

하나님이 부르시는 그날까지….

 2014, CBS 「오후의 찬양」에 소개된 글

▶ 90세 생신을 축하하며

황혼의 별장과
내 친구 홍순이

1973년 겨울, 찬 바람이 몰아치는 서부 전선 최북단 섬 말도, 보통 지도에는 섬의 흔적이 없고 큰 지도를 펼치고 자세히 보아야 표시된 작은 섬. 여객선이 없어 앞의 섬 보름도에서 내려 뗏목을 타고서야 진입할 수 있는 민간인 출입 통제 구역, DMZ 남측 한계선 안에 있는 홀로 된 작은 섬 말도.

까까머리 열여덟 애송이가 멋모르고 해병대에 지원했고, 훈련을 마치고 팔리고 팔려 그곳까지 가게 됐습니다. 620명의 동기생들이 진해 훈련소에서 훈련을 마치고 사단, 여단, 연대, 대대, 중대, 소대를 거쳐 각각의 근무지로 곤봉을 싸들고 「나가자 해병대」 군가를 힘차게 부르며 나가고, 나 혼자 이런 무인도 같은 섬에 배치될 줄은 꿈에도 몰랐습니다.

부대원들이 열댓 명, 모두 내가 보았던 늠름한 대한민국 국군 같지 않은 시커먼 복장이었고, 마을은 민가가 서너 채 보이는데, 그야말로 만화 속에나 나오는 그런 작은 섬 말도였습니다.

해 질 녘 서해바다로 이글거리며 넘어가는 해는 정말 그림 잘 그리는 화가가 하얀 도화지에다 빨간 홍시를 확 터트려 놓은 듯 멋지게 색칠을 하였고, 누구든 저녁노을 앞에서는 시인이 되었으며, 그래서 선배들은 그곳을 '황혼의 별장'이라는 기막힌 이름을 지어 붙였나 봅니다.

"아! 저 울음이 타는 가을 강을 처음 보것네 저것 봐 저것 봐" 하는 박재삼 시인의 애끊는 탄식 소리가 절절하게 들려오는 듯했습니다.

청마 유치환 시인도 이런 이글거리는 바다를 보고 "파도야 어쩌란 말이냐 파도야 나는 정말 어쩌란 말이냐" 하며 그 몸서리치는 아름다움에 붓을 들지 않았을까요?

내가 김포 청룡부대 여단본부에서 각 부대로 차출되기 전 조금 들은 얘기로는 말도라는 섬이 있는데, 거기는 북한 넘어가는 실미도 부대원들이 훈련하는 곳이라는 것과 거기는 해병대의 골통 특급 사고자들만 보내는 청송 교도소보다 더 험한 살벌한 곳이라는 것 정도만 얼핏 들었지, 지금 내가 가는 곳이 그런 말도일 줄은 꿈에도 몰랐습니다.

북한이 자기네 땅이라고 박박 우기는 함박도가 말도와 한 뼘 차이로 삐딱하게 보이는 해병대에서도 0.1%만 가 볼 수 있다는 민간인 통제지역.

나는 그곳에 근무하며 월급날이 언제인 줄도 몰랐고, 아니 우리 같은 졸병은 월급이 없는 줄 알았습니다. 이제 생각하니 선임하사가 중대 다녀오면 건빵 한 봉지씩 선심 쓰듯 주었는데 그 날이 군인의 월급날인 것 같았습니다. 군인의 생일이라는 국군의 날도 미역국은커녕 오래된 고추장이니 비벼 먹는, 보급품을 줄래야 줄 수도 없는 대한민국 최전선 고독한 섬 말도에서 보냈습니다.

가끔 모자에 별 몇 개 단 미국의 높은 분들이 헬기 타고 찾아와 기껏 주고 간다는 것이 운동 열심히 하라고 준 야구공과 야구방망이였는데, 어라! 선임들이 치라는 공은 안 치고 졸병들 엉덩이만 후

려쳐 한동안 미군을 원망한 적도 있었습니다.

컴컴한 지하 벙커에 들어서니 월남 전쟁에서 철수한 선임병들이 줄지어 앉아 참으로 신기하다며 마치 동물원 안 원숭이를 보듯이 나를 쳐다봅니다.

벙커 밖에는 앙칼진 여자 아나운서가 떠들어대는 북한의 대남방송이 생생하게 들려오고, 벙커 안에는 "개나리 아리랑 남포, 감 잡았다. 나오라." 하며 잡음 나는 무전 소리가 공포에 공포를 더해옵니다. 나는 너무 긴장하고 무서워 마음속에 하나님을 수없이 외우고 또 외웠습니다. 서울에서 버튼 하나만 누르면 강원도 최전방의 로켓이 평양으로 날아간다는 전자 컴퓨터 시대에 전기가 안 들어와 부대에서 호롱불을 켜고 지내는 군대가 있다니….

내가 그래도 5 대 1의 체력 시험을 통과해 멋지다는 해병대에 지원 입대했지만, 여긴 해병대가 아니라 당나라 군대다 하며 크나큰 실망을 했습니다.

그리고 이런 곳에서 군 생활을 한다고 생각하니 눈앞이 캄캄했습니다.

"신고합니다. 이병 이강민은…" 하는 신고식을 열댓 번 하고서야 선임의 얼굴을 볼 수 있었습니다.

계급은 분명 작대기 네 개 병장인데 턱에 털이 부스스하게 난, 호롱불에 희미하게 비치는 그의 얼굴은 오십 먹은 사단 주임상사쯤 보이고, 반바지에 팔각모를 삐딱하게 쓰고 슬리퍼를 질질 끌며 껌을 씹는 그는 대한민국 군인이 아니라, 조선인민공화국의 빨치산 부대원이었습니다. 지리산의 빨치산 부대….

"누나 있어? 누나 있느냐고, 이놈이 귀가 먹었나?"

"네, 있습니다."

아! 동물의 세계를 보면 사슴이 사자에게 쫓기다 막 다른 코너에 몰리면 사자가 물지도 않았는데 제풀에 쓰러져 신음하는 것처럼, 아니 영화를 보면 고문당하는 사람이 참다 참다 못 견디어 아무 말이나 마구 해대는 것처럼 나는 공포에 짓눌려 없는 누나를 있다고 토설하는 급박한 사정까지 왔습니다.

"있습니다." 하는 한마디에 내무실 상황은 급반전했고, 빨치산은 나에게 "앉아, 힘들지? 자식, 겁먹기는." 하며 씩 웃었습니다.

웃는 모습이 영락없는 성범죄자 그 모습입니다. TV에서 가끔 보면 흉악한 범인이 현장 검증 갈 때 수갑 차고, 씩 웃는 모습처럼.

넌 오늘부터 내 옆에서 잔다. 빨치산은 늙은 마누라를 버리고 무슨 새 첩이나 들인 것처럼 날 보고 히쭉거렸고, 내 군 생활의 출발은 거기서부터 삐걱거리고 있었습니다. 잠을 자려고 모포를 덮었지만 잠이 올 리 있나요?

처음 온 신병이라 오늘은 보초도 안 세운다며 내 집처럼 편히 푹 자라고 하는데, 잠이 오느냐 말이에요. 벙커 밖에서는 북한 놈들의 대남 방송이 윙윙거리지, 벙커 안에서는 통신병의 무전 소리가 소란스럽지….

나보다 1개월 빠른 선임병이 겁에 겁을 더해줍니다.

"여긴 말이야, 예전부터 국방부하고 즉시 연결이 안 되는 지역이야. 적과 교전을 해도 우린 지원 못 받고 적이 침투하면 이 자리에서 모두 자폭하라고 부대 주위에 클레이모어를 벌집처럼 깔아 놓았어. 그러니 함부로 밖에 나가 혼자 돌아다니지 마. 또한, 저기 보이는 저곳이 북한 땅 연백이고, 저 철조망 보이는 곳이 북한 최정예 김신조가 훈련받은 124군 특수부대야. 서로 넘어와 목도 따 가는 특별한 곳이야."

참으로 그때 나의 소원이 있다면 통일이 아니고, 내일 죽어도 오늘 제대하고 싶은 것이요, 정말 할 수만 있다면 해병대 탈영해서 동네 동사무소 가서 방위 생활하고 싶은 것이 소원이었습니다.

아! 내 친구 홍순이는 동네 동사무소에서 예쁜 미스들과 농담 나누며 아메리카노 커피를 홀짝거리며 아침저녁 어머님께서 싸 주시는 달걀 덮인 도시락을 맛있게 먹으며 희희낙락 방위 생활하는데 나는 이게 뭔가? 해병대가 모양새 나서 입대한다고 동네에서 송별회 뻐근하게 하고 왔건만, 지금 여기 비참하게 떨며 자라는 잠도 못 자고 꿍꿍 앓고 있는 나의 모습은….

"누나 이름이 뭐야?"

빨치산이 한 단계 낮은 음으로 물었습니다. 무의식적인 공포 속에서 순식간에 튀어나온 나의 말.

"네, 사촌 누나이고요. 이름은 이홍순입니다. 나이는 스무 살이 되고 대학생입니다. 예쁩니다…"

한번 거짓말에 2탄, 3탄의 거짓말이 더 해지고 보태집니다. 잘은 모르지만, 스무 살이 되고 대학생이고 예뻐야 빨치산이 흐뭇해할 것 같아 빨치산이 다시 물어보기도 전에 미리 내가 알아서 재차 대답을 해버렸습니다.

며칠 산속을 헤매다 살찐 토끼를 발견한 배고픈 늑대처럼, '사촌 누나 이홍순' 하며 누런 이를 드러내는데, 아! 불쌍한 내 친구 방위병 이홍순이란 이름이 여기 최전방 GOP에서 굴러다닐 줄은 녀석이나 나나 꿈에도 몰랐습니다.

간덩이가 부어 갑니다.

다음 날, 선임이 손수 끓인 보약보다 귀한 라면을 내 허기진 배에

꾸역꾸역 밀어 넣습니다. 사람이 죽으려면 뭘 꿈을 못 꾸겠는가?
뜨끈한 국물이 있으니 독한 소주가 한 잔 생각났습니다. 독한 소주
한 잔에 오늘 이 복잡하고 정리 안 되는 상황을 모조리 잊고 싶었
습니다.

'꿀꺽' 하고 마지막 남은 국물을 비우는데 빨치산은 회장님이 식
사 마치시는 것을 공손히 기다리는 비서처럼 "여기 담배." 하며 화
랑 담배 장초에 불까지 붙여 주는 것이 아닙니까?

며칠 후,

상황이 심각하게 돌아감을 인식한 나는 휴가 가는 대원을 통해
한 통의 편지를 전보처럼 날렸습니다.

이홍순 보아라!

너는 오늘부터 내가 제대하는 날까지 내 사촌 누나다. 글로 표현할 수
없는 복잡한 이유는 묻지 마라. 혹시 해병대에서 너와 사귀자고 편지 가
면 "야, 이 미친놈아, 나는 남자다." 하지 말고 공손하게 답장해줘라.

너희 집 주소 알려줬으니 네가 편지 보고 알아서 상황을 잘 판단하고
부디 건투와 건승을 빈다. 만약 이 모든 사실이 폭로되면 나는 발각과
동시에 동작동 국군묘지로 가니, 네가 진정 내 친구라면 우리 거기 동작

동에서 절대 만나지 말자. 내가 너한테 좆도 방위 이홍순이라고 놀린 것 진심으로 사죄한다.

- 전방에서 조국을 지키는 둘도 없는 너의 친구 강민

빨치산은 신이 났습니다. 홍순이가 보내온 답장을 보고 희희낙락 역시 대학생 문장력은 다르다며, 오늘부터 어느 놈이 이강민이 건드렸다가는 여기서 살아서 못 나간다고 소대에 지침까지 내려놓았습니다.

더욱 기막힌 것은 녀석이 죽으려고 환장을 했는지, 아니면 눈에 콩깍지가 쓰였는지, 자기 모습이라고 사진 한 장을 턱 보내왔는데 그 사진 때문에 지하 벙커 안 소대가 발칵 뒤집혔습니다. 점잖으신 소대장님까지 편지 속 사진을 보며 입맛을 다시는 모습에 이건 사건이 보통 사건이 아니었습니다.

아! 드디어 이홍순 이놈이 동네 친구 이강민이를 여기서 죽이는구나. 이놈이 동사무소에서 여자들과 희희덕거리더니 해병대 선임병 알기를 예비군 중대 선임 정도로 비교하나 보다 하고 분을 삼켰습니다.

녀석이 보내온 사진을 보고 나는 경악을 했습니다. 그 사진 속 여자는 녀석이 지갑에 꽂고 다니며 자기 스타일이라고 늘 엉큼스럽게 훔쳐보던 일본 여자 배우 사진으로, 반나체 자세로 입을 헤벌쭉하고 찍은 사진을 자기라고 보냈으니 벙커가 뒤집힐 수밖에요.

시간은 그렇게 그렇게 지나 사건은 상상의 수준을 넘어 소설 속의 꼬이고 엉킨 지경까지 도달하고 말았습니다. 세상에 완전 범죄는 없다 하고 수사반장 최불암이가 밝혀냈듯이 드디어 터지고야 말 비극의 사건이 한 발자국씩 먹구름처럼 내 앞으로 다가왔습니다.

빨치산이 말년 휴가를 간다며 휴가 가서 홍순 씨를 만나고 온다는 것입니다. 휴가 가서 이홍순이를 만난다?

아! 드디어 내가 국립묘지 갈 날도 멀지 않았구나.

도대체 이 참사를 어쩐다나? 만약 사실이 폭로되면 선임은 이홍순이는 물론, 동사무소 방위병들까지 월남에서 베트콩 잡듯이 모조리 짓뭉개고 올 텐데 밥이 목에서 넘어가질 않습니다. 잠이 올 리 있나요? 아! 선임이 휴가 가기 전 목을 길게 내려놓고 "잘못했습니다." 죽일 테면 죽이라고 이실직고해야 했는데 그만한 배짱도 없고, 선임이 휴가 간 일주일은 내 군 생활 36개월보다 길었고, 솔직히 에라, 전쟁이나 터지라고 자포자기했으니까요.

며칠 후! 선임이 말년 휴가를 마치고 돌아왔습니다. 나는 속으로 '며칠 후 며칠 후 요단 강 건너가 만나리…' 하며 장례 찬송을 불렀는데, 선임은 신기하게 웃었습니다.

부대에 오자마자 '야, 이 기합 빠진 졸병이 선임을 가지고 놀아?' 하며 곡괭이 자루를 집어들어야 순서가 맞는데, 선임이 웃으며 잘 있었느냐고 어깨까지 두드려 주다니, 아! 이게 어찌 된 사건인가?

사건의 개요는 이러했습니다. 선임이 홍순이 집을 찾아갔습니다. 우리의 홍순이는 선임이 휴가 온다는 사실을 미리 알고 작전에 작전을 전개했습니다.

동네 해병대 출신 선배 몇 분에게 이러쿵저러쿵 잘못하면 이강민이가 선임 손에 맞아 제대도 못 하고 죽는다는 것을 설명하고 도와 달라고 부탁한 다음, 자기 집을 찾은 선임을 만나 술 한잔하자고 유인한 뒤, 자기는 홍순이 오빠인데 홍순이는 이미 약혼자가 있으니 포기하라며, 자기 동생이 편지를 쓴 이유는 강민이가 군대 생활 좀 편하게 하도록 하려고 그런 거라며, 다른 여자 소개해준다는 약속으로 기분 좋게 헤어졌다 이겁니다.

선배 말이라면 껌벅 죽는 해병대에서 동네 선배들이 빙 둘러앉아 애기하는데, 거기서 그래도 나는 기어이 홍순 씨 만나고 가야겠노라고 반항했다가는 뼈도 못 추릴 것 같아 선임도 웃으며, 홍순 씨 결혼해서 잘살라는 한 마디를 남기며 돌아왔다는 거죠.

이 말을 듣는 순간 아! 하나님의 보호하심이란 이런 거구나 하는

생각과 내 친구 홍순이의 작전과 용병술은 이순신 장군의 노량대
첩과 맥아더 장군의 인천상륙 작전과 비교해도 손색이 없다고 혀를
내둘렀습니다.

전역한 지 40년의 세월이 흘렀습니다.

몇 년 전 선임의 소식을 알았습니다. 태국에서 한국 식당을 운영
한다는 선배님. 선배님, 그때 그 시절 제가 빨치산으로 부른 것 죄
송합니다. 선배님, 홍순이보다 더 멋진 형수님과 잘 사시리라 믿습
니다. 선배님, 보고 싶습니다. 그리고 내 친구 홍순이는 지금도 늘
내 옆에 남아 나의 든든한 나무가 되어 잘 지내고 있습니다.

2010. MBC 「장웅의 병영 일기」 방송
2023. 해병대 신문 연재

▶ 대한민국 해병대

황혼의 별장 동지들

▸ (앞줄) 김무일.김종환.김성덕
(뒷줄)김돈하.이강민.김흥석.정남균
황혼의 병장에서 근무했던 동지들

▸ 1967년 김성덕 동지

▸ 1967년 귀신 잡는 해병 소대장
김종환 동지 월남전 청룡작전에서

▸ 1985년 정남균 동지

유옹원의 군사세계
http://bemil.chosun.com

1:51

▶ 2021년 말도를 방문한 미 해병대 사령관

▶ 1973년 이강민 동지

▶ 1968년 해병대 의장 대장 김무일 동지

무적해병

▶ 1991년 김돈하 소대장

▶ 1990년 소대원들과

황혼의 별장을 그리며

🌳 '어영부영' 벌써 나이가 70이 되었습니다.

사람 나이 70이면 득도해서 안 먹어도 배가 고프지 않고, 웬만한 것은 참을 줄도 안다는 나이라던데 참는 것은 고사하고 심술만 더 사나워지니 나 스스로 내 처지에 여간 실망치 않습니다.

모르는 것은 다 물어보라는 그 유명한 'NAVER' 선생님께 '대한민국 남자 평균 수명' 이렇게 여쭈어보니 '80.5세'라고 또렷이 말씀하시고 '좀 더 살기 바라는 기대 수명은 82세'라고 덧붙여 말씀하시는 것을 보면 내 70의 시계에서 바라본 80은 이제 10년이 남은 것입니다.

진시황이 불로초를 구하려고 그렇게 세상천지를 다 뒤졌지만, 생명은 본래 하나님이 주신 것. 사람이 80 정도 살면 장수한 것이라고 성경에도 또렷이 적혀있는데, 순리대로 순응하며 받아들여야겠지요.

그래서 남은 인생 좀 더 겸허하고 정직하게 살아야겠다는 생각이 가슴 저 밑바닥에서부터 밀려오는 봄의 아침입니다.

나이가 들어 그런지 해 돋는 일출보다 해 지는 낙조가 더 멋져 보입니다. 그건 내 젊음의 한가운데 해병대 생활, 그 말도의 황혼이 깊게 배어있어 그런가 짐작도 해봅니다.

1973년 스무 살의 나이에 멋모르고 해병대를 지원했습니다.

그리고 김포반도 그 끝. 비무장 지대 안에 있는 말도라는 섬에서 군 생활을 했습니다.

서부전선 그 끝에서 떨어지는 해는 그야말로 장관이었고, 그래서 우린 그곳을 '황혼의 별장'이라고 불렀습니다. 하얀 백지에 빨간 홍시를 확 터트려 놓은 듯 온 천지가 붉은 물결에 출렁거렸습니다. 아마 박재삼 시인이 '저것 봐 저것 봐' 하며 본 해 질 녘 울음이 타는 가을 강이 이처럼 아름답지 않았을까 하는 생각도 듭니다.

진해에서 그 악명 높은 훈련을 마치고 실무 부대에 배치되었는데, 얼씨구 해병대가 해체되고 훈련소가 문을 닫아 앞으로는 신병이 올라오지 않는다는 것입니다.

부대가 뒤숭숭했습니다. 얼핏 들리는 해체 이유는 2만 해병대가 50만의 육군과 늘 맞먹으려고 하고 아주 육군 알기를 너무 우습게 알아 괘씸죄에 걸려 그랬다는 둥, 그래서 해병대가 육군으로 팔려간다는 설과 해군 밑으로 들어가 해군의 육전대가 된다는 둥 말이 많습니다. 작대기 하나 단 나도 이렇게 심란했으니 처자식까지 있는 간부들의 심정이야 오죽했겠습니까?

미리 공포하면 비밀이 새고 혹여 해병대와 예비역들이 들고일어날까 봐 그랬는지 알 수는 없지만, 그래도 예고되어 해병대는 언제 어떤 방식으로 해체되니 간부들은 사회에 나가서 먹고 살길을 마련하라 하는 사전 통보 정도는 해주는 것이 상식인데 하루아침에 날벼락을 맞았으니.

아마 제가 알기론 그때 별이 몇 개 떨어지고 수백 명의 간부가 해병대를 떠났다고 하는데, 서울을 수복하여 중앙청에 태극기를 꽂은 6·25 전쟁, 새벽의 한강 다리를 처음으로 넘어 군사혁명의 선봉이 되어 박 대통령을 만들어준 5·16 혁명 그리고 월남전에서 삼군 최초로 전투부대를 파병해 선두에 서서 수많은 전공을 세우고 신

화를 남긴 해병대를 잘 써먹고 이젠 그들 세력이 너무 커 '토사구
팽' 시킨 꼴이겠지요.

세상에 회사가 부도나는 것은 가끔 뉴스에서 보았으나 군대가 부
도나 훈련소 문을 닫는다는 기가 막힌 얘기는 처음입니다. 더군다
나 그로 인해 내 밑에 졸병이 안 올라온다는 것은 군대에서 평생
졸병 노릇만 하다가 제대하라는 얘기인데, 어느 나라에도 유례가
없는 기가 막힌 일이 1973년 겨울에 일어났습니다.

내막의 진실은 잘 모르지만, 몇 개월 이렇게 어수선하게 지내다
높은 사람들끼리 숙덕거려 합의를 보아 별 네 개 사령관이 강등되
고 생전 듣지도 못한 별 세 개 해군 제2차장이 해병대 수장이 되어
지금도 제대증엔 해군이란 직임이 커다랗게 찍혀있습니다.

지금이야 다 이순신 장군의 후예라 생각해 해군이나 해병이나 같
은 가족이라 생각하지만, 그때 해군들은 마치 아버지가 돌아가시
어 내 이름을 의붓아버지 호적으로 옮겨놓는 것 같은 아주 찜찜한
기분이었습니다.

올해는 수해 현장에서 실종자 구조 수색 작전 중 순직한 채수근

상병 사건으로 해병대라는 이름이 자주 뉴스에 등장하여 세상 사람들에게 이목을 끄는 한 해였습니다.

어떻게 생각하면 '해병대 헌병 대장이나 되니까 저 정도로 용산과 국방부에 고개 쳐들고 항명도 하지.' 하는 장한 생각도 들고, '그래, 역시 한 번 해병은 영원한 해병이고, 재판마다 따라다니며 군가를 부르는 그 동기들 멋지다.' 하는 생각도 들고, 어떤 때는 '해병대 별들도 이젠 별 볼 일 없구나.' 하는 측은한 마음도 드는 2024년의 아침입니다.

타군 친구들이 간혹 해병대 전역한 자네는 이런 사태를 어떻게 보고 있느냐며 비꼬듯 질문하곤 하는데, 여기서 나는 껄껄 웃으며 "이놈아, 작대기 네 개 달고 전역한 내가 별들의 세계에서 일어나는 오묘 무쌍한 일들을 어찌 알며, 작대기 단 놈들이 거기 별천지에 끼어들면 월권행위야. 채수근 상병 유가족도 사람은 미운데 해병대는 아들이 자랑스러워 했다는데 거기까지 내가 끼어들어 이러쿵저러쿵하면 유가족 욕보이는 거야." 하고 마무리 짓곤 합니다.

이러다 정말 용산이니 국방부에 미운털 하나 더 박혀 그나마 별 세 개짜리 힘없는 사령관이 별 두 개로 강등되면 어쩌나 하는 '웃픈' 기우도 들고요.

요즘은 또 해병대 뉴스에 이종섭 국방부 장관까지 끼어들어 전화를 받았느니, 명령을 했느니 하며 해병대를 한 번 더 죽이고 있습니다.

23년 국군의 날 행사에서 서울 시내를 누비는 장한 후배들의 행진을 보다가 문득 50년 전 '황혼의 별장'이라 불렸던 말도 OP가 생각났고 그래서 이리저리 수소문 끝에 주소를 알아내 장문의 편지와 작은 위문품을 포장해 말도에 보냈습니다.

예전에는 강화군 서도면 말도리 '황혼의 별장' 하면 좀 늦더라도 편지가 도착했는데, 지금은 보안 때문에 그런지 OP 주소 알아내기도 무척 힘들었습니다.
편지에는 사랑하는 후배들의 수고에 감사를 전하였고, 지금의 그 고독한 섬 말도의 군 생활이 평생 여러분에 가슴속에 지워지지 않는 그리움의 지문으로 심장에 영원히 남을 것이라고 썼습니다.

"누구나 갈 수 있지만 아무나 갈 수 없는 그곳. 후배들이 그곳에서 이 부러진 나라의 허리를 잡고 있어 우리는 늘 안심하며 그대들의 수고에 늘 감사하고 있으니 서부전선 최북단 '황혼의 별장', 말도에서의 군 생활 멋지고 힘차게 마치고 돌아오라."라는 문장도 넣어서 말입니다.

그리고 어제 소대장으로부터 답신의 편지가 왔습니다.

보내주신 편지와 위문품 잘 받았다는 내용과 선배님을 글을 보고 소대원들이 자기들은 외딴섬에서 근무하는 실력 없는 병사들이라고 생각했는데 정말 말도 근무를 자랑스러워하고 있다며, 자기들도 해 질 녘 황혼을 그렇게 문학적으로 표현을 못 했는데 되새겨보니 정말 말도는 멋들어진 '황혼의 별장'이 맞다며 부대에 방문하시면 소대원 모두 대환영할 것이라는 글로 답신이 왔습니다.

해병대가 무엇인지, 제대한 지 50년이 되었는데 아직도 동기들과 만나 무슨 '람보'처럼 M16 휘두르며 전쟁터에 나가 대단하게 군 생활한 것처럼 수다를 떨고 있습니다. 전국 동기회 모이는 것도 성에 안 차 수도권 모임이니, 지역 전우회니 제각각 또 모이고 또한 목사, 신부, 스님들까지 지구촌 곳곳에, 코리아가 있는 곳에는 전우회가 만들어지고 있습니다. 아마 해병대는 죽어서 천국에 가면 거기도 '해병천국전우회'를 만들지 않을까 하는 생각도 듭니다.

우리도 '황혼의 별장'이라는 말도 출신 예비역 모임을 만들어 가끔 만나 회포도 풀며 그 추억을 되새김하고 있습니다

80이 넘은 선배님으로부터 젊은 예비역까지 나이와 계급에 상관

없이 모여서 정보도 나누고, 서로 덕담도 하는 보통의 해병 모임과는 좀 격이 다른 독특한 모임을 하고 있습니다.

계급과 나이에 관계없이 오직 그곳 말도에서 근무했다는 것 하나로 이번 모임에는 인도네시아에 살고 계시는 선배님까지 참석하시어 이 모임에 뜻을 더하였고, 익산에 계시는 180기 선배님은 83의 고령에도 불구하고 참석해 주셨습니다. 죽기 전에 말도에 한 번 가보는 것이 소원이라며 그 의지가 대단하십니다.

내년 꽃 피는 봄에는 말도를 방문하여 후배들을 위로하고, 그 멋진 석양도 한 번 볼 예정으로 준비하고 있습니다.

▶ 해병대의 행진모습

▶ 국군의 날

포장마차

집사람이 조그만 가게(분식집)를 하나 하고 싶어 하길래, 아는 거래처를 통해 부천 오정구 여월동 홈플러스 1층 매장 안에 어묵과 순대를 주메뉴로 하는 조그만 매장 하나를 개업해 주었습니다.

사실 오백 원 하는 어묵도 시장 경기가 워낙 안 좋아 매출이 계획한 만큼 오르지 않습니다. 그래도 여기는 대형 매장 안이라 기본 손님이 늘 북적거려 큰 이익은 없을지라도 망하지는 않는다는 그런 위치에 있는 가게입니다.

그런데 요즘 아내의 얼굴이 밝질 않습니다.
이유는 홈플러스 길 건너편 포장마차에서 어묵을 파는데 그 포장마차 때문에 우리 가게가 지장을 받는다며 울상입니다.- 그곳이 우리 가게보다 싸서 다 그곳으로 몰린다는 겁니다. -매장 경비한테 얘기해 철거를 시키든지 해야지 속상하다며….

내가 그 얘기를 듣고 포장마차를 찾아갔습니다.

젊은 부부가 추운 밤바람에 오들오들 떨며 웃고 있었습니다. 내가 여기 홈플러스 어묵가게 사장이라고 말하니 젊은 부부는 놀라 당황하며 미안하다고 고개를 숙였습니다.

30년 전,

아내와 내가 리어카를 끌고 개봉역 앞에 섰습니다. "붕어빵 사세요!" 하는 목소리가 입안에서 가시처럼 맴돕니다.

그 추운 겨울, 아내와 나는 리어카를 끌고 밀며 울었습니다. 어릴 적 꿈이 대통령이었던 내가 리어카를 끌고 서울 한복판에 설 줄은 꿈에도 몰랐습니다. 그런 아프고 힘들었던 기억들이 파도처럼 밀려왔다 사라집니다. 젊은 부부를 안았습니다.

"이 사람아, 힘내! 홈플러스에서 철거하라고 해도 내가 막아줄 테니 겁먹지 말고 힘내." 하며 어묵 천 원어치를 샀습니다. "역시 젊은 사람들이 만드니 우리 것보다 맛있구먼. 자네들 꼭 성공하게. 그래야 오늘이 훗날 아름다운 추억이 되는 거야!"

아내에게 오늘 얘기를 했습니다.

"여보, 우리는 그냥 아르바이트 두고 당신 소일거리로 하는 것이
지만, 저기 저 친구들은 저게 생명이고 저게 전부 아니야? 우리도
겪어봤잖아. 서로 힘내자고 밤새 울어가며 우리도 겪어봤잖아."

아내가 내 손을 잡았습니다. 그리고 오랜만에 아내의 눈물과 미
소를 보았습니다.

 2015년 4월, MBC 라디오 「여성시대」에 방송

용기

어느 해이던가, 서울을 가기 위해 부천역 광장을 지나다 참으로 황당한 일을 겪은 일이 있습니다. 몇 명의 젊은이(조폭으로 추측)가 한 젊은이를 부천역 광장에서 구타하고 있었습니다.

사람들이 몰려 "아이고, 저 사람 죽네! 죽는다고." 고함을 치고 모두 쳐다보며 발만 구르고 있었습니다. 이런 모습을 나도 물끄러미 쳐다보며 혹시 내 몸이라도 다칠까 봐 이 자리를 얼른 떠나야지 하며 발길을 돌리려는 순간, 참으로 이상한 외침 같은 것이 들려 왔습니다. '야, 이놈아! 사내자식이 치사하다. 네가 그러고도 해병대 출신이냐?' 하는 엄한 음성과, 한편 나를 향해 '아이고 쫀쫀한 놈!' 하는 비아냥거리는 소리가 동시에 내 가슴 깊은 곳에서 울려 나와,

내가 가던 발길을 멈추고 다시 뒤를 돌아보았을 때는 청년은 쓰러져 있었고, 몇몇이 그를 위에서 짓밟고 있었습니다.

코피가 터져 바닥에 피가 흐르는 가운데 내가 뛰어들었습니다.

"야, 이놈들아! 사람을 죽일 거냐?"

순간 한 젊은이가 내 멱살을 잡고 "넌 뭐야?" 하고 날 들어 올렸는데, 키 작은 내 눈과 키 큰 그 젊은이의 눈이 마주쳤습니다. 순간 나도 멈칫했고 내 늙은 얼굴에 놀란 그 젊은이도 멈칫했습니다.

들었던 나를 내팽개친 청년은 한가득 침을 뱉으며

"야! 오늘 이 꼰대 때문에 너 살았다." 하며 우르르 광장을 빠져나갔습니다.

그제야 경찰이 왱왱거리며 몰려오고 사람들이 달려들어 쓰러진 젊은이에게 다가옵니다.

내 생각 속엔 이소룡이나 제임스 본드처럼 젊은 깡패들을 옆발 차기, 뒷발 차기, 이단 옆차기로 한둘씩 보기 좋게 넘어뜨리고 군중의 환호를 받으며 유유히 사라지고 싶었지만, 현실은 잡힌 멱살 한방에 발버둥치다 쓰러질 수밖에 없었고, 쓰러진 청년 옆에서 허우적거리는 내 모습에 스스로 '이젠 나도 틀렸다.'라고 인정을 했습니다.

경찰관이 달려와 큰일 날 뻔했다고, 어디 다친 데 없느냐며 내 이름을 묻고 주소를 물었지만, 나는 대답하지 않았습니다. 파출소가 코앞인데 한참 만에 나타나 요란을 떠는 경찰도 못마땅하고, 밝은 대낮에 이런 폭력이 난무하는 세상이 못마땅했습니다.

중학교 때,
나의 슬픈 기억이 떠오릅니다.
공부도 못하고 덩치도 작으며, 부잣집 아들도 아닌 나는 힘센 놈의 종이었습니다. 녀석은 인천 시내 모 중학교에서 전학 온 농구 선수 출신으로, 키가 내 머리 위에 머리가 하나 더 있을 만큼 큰 장사였습니다.

시골 학교 순진한 우리 반 학생 모두는 녀석의 비위 맞추기에 급급했고, 선생님은 공부 잘하고, 운동 잘하고, 돈 많은 녀석을 감싸고 돌았습니다.
학교 운동장 구석에서 난 녀석에게 발길로, 주먹으로 맞으며 그런 슬픈 학창시절을 보냈습니다. 그때도 오늘처럼 친구들이 빙 둘러서서 얻어맞는 나를 측은한 듯 바라만 보고 있었습니다. 모두 측은한 듯….

50년이 지난 지금도 나는 중학교 동창회를 나가지 않고 있습니다. 어릴 적 내 가슴에 너무 큰 상처였기에 때리는 친구보다 그것을 보고 대항하지 못했던 우리 반, 우리 동네 친구들이 더 미웠습니다.

이런 슬픈 기억이 오늘 쓰러져 울고 있는 청년을 보며 50년 전의 나를 만난 것 같아 그를 끌어안았습니다.

"이 사람아, 오늘을 기억하고 힘내."

내 손을 잡고 일어서는 젊은이의 손이 얼마나 따뜻한지 내 마음도 따뜻해졌습니다.

 2013년 6월 MBC 라디오 「남성시대」 방송

땅끝마을 염전

 얼마 전, 땅끝마을 해남에 다녀온 적이 있습니다. 직업이 전국 팔도를 돌아다니며 식당에 주방용 승강기를 설치하는 직업이라, 아침에는 속초에서 물회를 먹고 점심에는 안동에서 찜닭을 먹으며, 저녁은 부산 자갈치 시장에서 꼼장어로 허기를 채우는, 하여간 동에 번쩍 서에 번쩍 하면서 지내는 직업입니다.

2013년은 제주도에 공사가 세 군데나 터져서 정말 비행기와 여객선을 원 없이 타본 한 해였습니다.

3년 동안 자동차의 주행거리가 20만km를 돌파해 택시 운전하는 내 친구가 내 차의 기록을 보고 자기보다 더 뛴다고 혀를 내둘렀으니까요. '정말 지독하게 돌아다니는 놈'이라고 하면서….

지방 출장이면 가끔 아내와 함께 다닙니다.

땅끝마을 해남에 가니 염전이 있습니다. 같이 간 아내가 염전을 처음 보았는지, 소금 만드는 염전을 구경하고 가자며 내 소매를 이 끕니다.

중학교 3학년, 고등학교 합격 통지서를 받고 인천 시내 고등학교에 가기 위해 부푼 꿈을 키우던 열여섯 소년에게 커다란 시련이 닥쳐옵니다. 형님이 약혼식 날 친구들과 사진을 찍으러 가다 그만 차가 전복되어 뇌사 상태에 놓였다는 비보가 들려왔습니다.

그때부터 형의 인생은 물론, 부모님의 인생과 더불어 나의 인생도 한 치 앞도 보기 어렵게 꼬여갔습니다. 1960년대 자동차 보험은 물론 의료보험도 없던 시절, 형의 입원비와 수술비는 실로 우리 집 전 재산을 다 팔아도 감당키 어려운 실정이었습니다.

서울 성모병원에서 머리 수술을 다섯 번이나 한 형은 목숨은 건졌지만, 그 때문에 우리 집은 가지고 있던 논과 밭을 몽땅 팔고, 나는 고등학교 진학을 포기한 채 마을 앞 염전으로 일을 나가는 형편에 이르렀습니다.

나는 지금도 내 키가 작은 이유를 알고 있습니다.

형과 동생들은 키가 다 큰데, 나만 유독 작은 것은 열여섯 한참 키가 클 나이에 3년 동안 어깨에 무거운 소금 목도를 지고 온종일 끙끙거리며 염전에서 소금을 날랐기에 키가 더는 올라가지 않았다고 판단합니다.

그나마 다리가 튼튼한 것은 3년 동안 물을 퍼 올리는 수차를 하루에 네댓 시간씩 잡아 돌렸기 때문인데, 다리는 지금도 펄펄 날 만큼 튼튼하니 말입니다.

친구들이 교복을 입고 학교에 등하교하는 것을 나는 염전 수차에 올라 바라보면서 참으로 많은 눈물을 흘린 적이 있습니다. 이런 내 아픔이 배어 있는 염전을 아내는 신기한 듯 바라보며 내게 물어옵니다.

"여보, 저기 저 소금 좀 봐. 참으로 신기하네!"

그렇습니다. 아내가 바라보는 염전은 아름답고 풍요롭고 신기합니다. 거기 열여섯의 내 아픔이 있고, 거기 열여섯의 내 눈물이 고여 있다는 걸 아내는 모를 겁니다.

방이 하나라 부모님과 한 방에서 지내던 어느 날, 몸이 아파 식은 땀을 흘리며 뒤척거리며 잠을 못 이루고 있는데, 부모님의 대화 소리가 잠자는 척 누워있는 내 귀를 타고 들려 옵니다.

"둘째가 염전 일이 너무 힘드나 보네요. 식은땀을 비 오듯 흘리는데, 강민 아버지! 우리 둘째 어쩌면 좋겠어요?" 한참 적막이 흐르더니 천둥 꺼지는 아버지의 한숨 소리가 들려옵니다. 그리고 아버지는 자는 척하는 내 이마를 짚어 보더니 "참으로 걱정이네." 하며 방을 나가십니다.

알지요, 아버지 마음. 자식놈이 어린 나이에 안쓰럽게 염전을 다니는 모습, 아니 염전에 다니며 벌어오는 몇 푼의 돈, 아버지가 손을 덜덜 떠시며 받으시는 거. 형의 수술비는 갈수록 늘어 빚에 빚이 더해옵니다. 어머님께서 내 이마에 손을 얹으시곤 눈물 반 콧물 반으로 흐느끼십니다. 어머님의 슬픈 눈물이 내 얼굴에 뚝뚝 떨어집니다.

잠자는 척, 죽은 척하는 열여섯의 나는 이를 악뭅니다. 그래, 내가 목도질에 어깨뼈가 으스러지고 쓰리게 짠 소금에 발바닥이 오그라지더라도 염전에서 죽자. 형 때문에 모든 희망을 한순간에 잃어버린 내 부모님을 생각해서 그래, 이 한 몸 나는 염전에서 죽는다.

아내가 염전의 하얀 소금을 들고 활짝 웃으며 소리칩니다.

"참, 소금 깨끗하다."

순간, 45년 전 어머님께서 내 얼굴에 흘리신 소금보다 더 깨끗한 눈물방울이 내 눈물과 섞여 땅끝에 있는 마을 해남 염전에서 반짝이며 투영됩니다.

 2013년 7월 MBC 라디오 「싱글벙글 쇼」방송

가짜

2010년 무척이나 더운 8월. 분명히 몸이 늙었음을 날씨가 말해 줍니다.

그래 몸은 늙었다고 인정하지만, 작년까지만 해도 마음만은 그래도 청춘이라고 우겼는데, 이놈의 날씨 앞에서는 마음도 늙었다고 두 손을 들었습니다.

결혼 후 반지하 방과 월세방을 십수 년 동안 전전하다 하나님의 도우심과 잘 나가는 조카딸을 둔 덕분에 부천 제일이라는 '위브 더 스테이트'란 집에서 사는 영광을 누리게 되었습니다.

장마철이면 부엌에 물이 넘쳐 양동이로 물 퍼 나르기가 일상이었던 우리는 그 좋은 집으로 이사 오면서 참으로 엄청난 꿈을 가졌습니다.

'이 집을 꿈의 동산으로 만들자.'

그래서 남태평양에서 산다는 물고기를 사다 어항에 넣고 그 재미와 신기함에 행복해했으며, 화분에는 알래스카 눈 속에서나 살 것 같은 싱싱하고 푸른 나무와 오색찬란한 꽃을 사다 꾸미는 등 온갖 주접(?)을 떨며 살았습니다.

50년 전 초가집에서 살던 촌놈이 처음 몇 달은 사는 것이 이런 거구나 하며 기쁨에 겨웠습니다.

아내가 홈플러스에서 어묵가게를 하고부터 집에서 지내는 시간이 줄어들더니 차츰 모든 것에 관심이 줄어들고 어항 속에 물고기가, 화분의 꽃들이 죽어가고 시들기 시작했습니다. 그 보는 즐거움이 1년을 넘길 즈음, 우리 부부는 중대한 결심을 시작했습니다.

살아 있어 우리를 피곤하게 하는 것을 모두 죽여(?)버리고, 죽어 있어 우리를 기쁘게 하는 것으로 바꾸자. 그래서 생각해낸 것이 가짜 꽃, 가짜 물고기입니다.

가짜가 진짜보다 엄청나게 화려합니다. 어떤 분은 우리 집에 와서 화분의 나무를 보고 어쩜 이렇게 곱게 길렀느냐며 탄성을 자아냅니다. 그리고 탐내듯 비법을 물어봅니다. 끝내 민망해서 가짜라고 하면 자기도 그것 파는 데 소개해달라며 당부를 하곤 합니다. 감탄과 감탄을 연발하며….

　엄청나게 편합니다. 어항에 가짜 고기는 생전 죽을 일도 없고, 화분의 가짜 꽃은 평생 물 줄 일도 없고. 우리 부부 몸은 엄청나게 편했습니다.

　그리고 그런 것들을 보다가 언제부터인가 문득 이런 생각이 들었습니다. '하나님이 보시기에 나도 가짜가 아닐까?' 그리고 이내 등골이 오싹함을 느꼈습니다.
　나의 예배, 나의 봉사, 나의 믿음이 온통 가짜가 아닐까? 겉보기에만 화려하고 멋있는….

　어떤 가수가 노래했듯이, 여기도 가짜, 저기도 가짜가 판친다고. 과연 내 신앙은 진짜인가 하고 묻고 싶고, 반성하고, 고개 숙이고 싶은 밤입니다.
　솔직히 십일조 드리고, 주일 예배 잘 참석한다고, 나는 보통은 된다고 하면 그 정도 공인은 받겠지만, 저 천국 하나님 앞에서는 어림 반푼도 없는 허튼수작일 겁니다.

천국이 소나 돼지나 개나 걸리나 아무나 가나요? 그런 식으로 따진다면 가롯 유다도 갔을 겁니다.

왜냐면 그도 예수님 따라 3년은 죽으라고 충성했는데, 죄 진 것은 고작 한 달밖에 안 되니까요.

가짜!

진짜가 판치는 세상에 가짜가 몇 개 있어 뉴스가 되어야 하는데, 가짜가 판치는 세상에 진짜가 몇 개 있어 뉴스가 되어가니 참으로 묘합니다.

가짜와 진짜를 가려내는 일은 성경 속에도 있더군요. 예수님이 부자에게 모든 것을 나눠주고 나를 따르라고 하니 부자가 어떻게 했습니까?

우리는 내가 진짜인지 가짜인지 다 알아요.

그런데 죽어 천국 가는 일은 아직 먼 훗날 일이라 생각하고 살아가므로, 당장 편해야 하니까 그냥 가짜로 머무르고 싶은 거죠.

세상에 의인은 없다고 하셨지만, 분명 하나님은 복 있는 사람은 악인의 길에, 죄인의 길에 들어서지도, 빠지지도 말라고 하셨는데, 솔직히 내 습관적인 행동까지 포함하면 하루 반 이상은 이것이 진짜인지 가짜인지 구분을 못 하고 사는 것이 요즘 아닌가 생각합니다.

아! 가짜도 가짜 나름인가?

누구 진짜이신 분, 답 좀 주세요.

 2013년 5월 CBS「오후의 찬양」방송

김 형사, 1호차
출동시켜

아내로부터 다급한 전화가 왔습니다. 중학교 3학년 아들 녀석이 일주일째 학교에 오질 않는다고 학교 담임선생님에게서 전화가 왔다는 것입니다. 찬이가 어디 몸이 아프냐고?

그럴 리가, 그럴 리가를 연발하며 아내는 학교로 달려갔고, 이내 담임선생님께 들은 아들 녀석의 학교생활은 '설마' 하는 아내의 한 가닥 마음을 끊어 놓았습니다.

아들이 일진회 멤버이며, 그 친구들은 패싸움하다 잡혀가 거의 소년원에 있다는 것입니다. 그러면서 찬이도 혹시 거기 연루된 거 아닌지 모르겠다며….

교회도 잘 다니고, 아니 교회를 잘 다닐 정도가 아니라 교회에서

학생회장까지 하는 놈이 '깡패 조직 일진회라니….'

이름 또한 늘 보람차게 살라고, '이보람찬'이란 네 자의 긴 이름을 붙여주어 나름대로 보람차게 잘 키웠다는 아이 아닌가? 그뿐인가, 집에서는 부모 말을 거역한 적이 없으며 이웃으로부터도 참 착하다는 아이가 일진회라니.

아내는 집에 오자마자 마룻바닥에 덥석 주저앉아 눈물을 흘리며 흐느낍니다.

"아이고, 아이고! 이젠 이 일을 어떡해…?"

그런 아내를 달래 아내와 함께 우선 아들부터 찾기로 했습니다.

아침밥 잘 먹고 "학교 다녀오겠습니다." 하고 가방을 메고 나간 아들을 학교가 아닌 PC방과 만화방을 뒤지며 찾기 시작합니다. PC방 좁은 계단에서 몇 명의 까까머리 중학생들이 끼리끼리 모여 담배를 피워댑니다. 남학생 틈에 끼여 여학생들도 담배 연기를 허공에 뿜어 올리며 시시덕거립니다.

어른이 계단을 힘겹게 내려가는데도 슬쩍 보기만 할 뿐 비키지도 않습니다.

애들에게 묻습니다.

"애들아! 너희 북중학교 다니는 이보람찬이란 학생 혹시 오늘 보았니?"

참으로 비굴하게 내가 또 묻습니다.

"보람찬이 아빠인데, 집에 급한 일이 있어 그러는데 혹시 알면 얘기 좀 해줘."

한 학생이 담배를 계단에 집어던지며 한마디 말을 던집니다. "아씨, 우린 보람찬인지 절망찬인지 그런 애 몰라요."

그러자 계단에 몰렸던 학생들이 낄낄 대면서 "보람찬, 보람찬." 하며 콧노래로 흥얼거립니다. 울컥했지만 참았습니다. 울컥해 봤자 별수가 없었으니까요. 요즘 애들 잘못 건드렸다가 큰 낭패 보았다는 뉴스, TV에서 자주 보았거든요.

아들을 찾아 거리를 헤맵니다. 자식이 하나라 하나의 자식을 끔찍이 사랑했던 우리 부부, 그리고 그런 부모의 마음을 잘 알아주는 착한 아들, 이것이 내 아들 이보람찬이었습니다.

가끔 늦는 날이면 착하고 공부 잘하는 애들과 모여 밤늦도록 도서관에서 공부하는 줄 알았지, 설마 팔뚝에 문신 있는 경찰서 소년계에서 요주의 인물로 감시하는 건달들과 어울려 싸움하고 도둑질

하러 다닐 줄은 꿈에도 몰랐습니다. '자식을 헛 키웠구나.' 하는 자책과 '이놈의 새끼 잡히기만 해 봐라.' 하는 분기가 머리끝까지 차올랐습니다.

다시 PC방을 기웃거립니다. 혹 이곳에 있을까 하고. 왜 PC방은 지하에만 있는지, 이곳도 PC방 지하 계단에 학생들이 쭉 늘어져 담배를 꼬나물고 있습니다. 참으로 예의 없는 못된 놈들 같았습니다. 그래도 어른이 계단을 내려가면 비켜설 줄도 알고 빨아들이던 담배 연기도 멈출 줄 알아야 작은 예의인데, 녀석들은 애초에 그런 매너라는 것이 없어 보였습니다.

"야! 이놈, 너 몇 학년이야? 어린 자식들이 어른이 지나가는데 비키지도 않고 담배만 빨아대?"

나도 모르게 고함을 쳤습니다. 아내가 그러는 내 허리를 잡고 "여보, 우리 그냥 가!" 하며 날 잡아끕니다.

내가 "야! 이놈의 새끼들!" 하고 다시 한번 고함을 치자 조그만 중학교 학생들은 머리를 긁으며 자리를 피했는데, 어라? 지하 PC방에서 몇 명의 덩치 큰 고등학생들이 밀려 나왔습니다.

참으로 언뜻 보니 녀석들은 TV 뉴스 때마다 〈학교 폭력, 무서운 십대〉하고 뉴스의 첫머리를 여는 일진회 회원 같았습니다.

"뭐야 아씨, 아씨가 애들 담뱃값 줬어? 왜 그래? 나이 먹은 사람이."

녀석들은 날 아래위로 꼬나보며 빙 둘러쌉니다. 아내가 벌벌 떨며 내 허리에 매달립니다.

지금 생각해도 내게 그런 생각이 어디서 났는지, 지금도 그 생각만 하면 가슴이 벌렁벌렁해 옵니다. 그리고 다시금 나의 돈키호테같은 머리에 부탁하건대, 제발 희한한 생각의 수도꼭지 좀 잠가주시길….

주머니에서 핸드폰을 꺼내 들고 소리를 지릅니다. 그리고 덩치 큰한 녀석의 멱살을 잡고 전화기에 고함을 지릅니다. "김 형사, 내동120번지로 1호차 출동시켜! 어제 수배된 그놈 잡았어."

그러곤 뒤에 있는 아내에게 소리칩니다. "아줌마! 애들 얼굴 빨리사진 찍어요."

아주 순식간에 일어난 일이라 나에게 멱살을 잡힌 녀석이 엉거주춤 허리를 숙이며 무릎을 꿇습니다.

"형사님, 죄송합니다."

그리고 주위에 있던 놈들은 후다닥 바람보다 더 빠르게 도망을칩니다. 뒤를 돌아보니 아내는 어안이 벙벙한 채 이상하게 돌아가는 현장을 보고 놀란 듯 입을 벌리고 있습니다.

"너 이 새끼, 오늘 죽는 줄 알아!" 나는 내 아들 친구 일진회 조직원이나 잡은 듯 발길로 녀석의 가슴을 내쳤습니다. 저 만큼에 나가 떨어진 녀석은 이때다 싶어 정말 바람보다 더 빠르게 골목을 빠져 도망을 갑니다.

아직도 전화기에선 "야 강민아, 뭔 일이야? 왜 전화 걸어놓고 말 안 해? 야! 이놈아, 김 형사는 뭐고 1호차는 뭐냐?" 하며 급한 김에 눌러버린 고향 친구의 놀란 전화 목소리가 메아리치고 있습니다.

내가 생각하기에도 형사 같지 않은 내가 형사 행세를 하고 거기다 두목 놈을 발길로 차기까지 했으니, 녀석들이 조금 있다 몰려 올 것 같아 나도 얼른 바람보다 빠르게, 더 빠르게 그곳을 빠져나왔습니다.

아들 녀석을 어떻게 하면 바로잡을 수 있을까, 고민 끝에 중부 경찰서에 경찰로 근무하는 교회 후배를 찾아갔습니다. "백 형사! 우리 아들이 문제여서 참으로 속이 상하니 나 좀 도와주게. 아들이 들어오면 내가 잡고 있을 테니 자네가 백차 끌고 와서 이놈 좀 잡아가게. 경찰서 끌고 가서 혼 좀 내주고 경찰서 안 유치장도 보여주고, 일진회는 잡혀 소년원 가면 반은 죽어서 온다고 엄포 좀 놓으시게."

녀석이 다 늦은 저녁에 집에 들어왔습니다. 녀석도 벌써 눈치를 채었는지 풀이 죽은 채 앉아 있습니다. 녀석을 회초리로 때릴까 하다가 경찰서 백 형사에게 전화를 하였습니다. 5분도 안 되어 경찰차가 왱왱거리며 달려오고 두 명의 형사가 집에 들이닥칩니다. 권총 찬 형사들이 수갑을 치켜들고 "이보람찬, 너 맞지? 너 북중 일진회 조직원이지? 너희 엊그제 패싸움했지? 너를 체포한다." 하고 형사는 수갑을 꺼냅니다.

아내가 애원합니다. "아이고! 순경 아저씨, 우리 아들 한 번만 살려 주세요. 우리 아들 죄 없어요, 다시는 안 그럴 거예요." 짜고 치는 각본인데도 아내는 각본을 잊고 현실로 착각한 채 땅을 치며 웁니다. "아이고! 내 아들 찬아!" 하고.

형사는 각본대로 "너, 네 부모님 얼굴 봐서 수갑은 안 채우는데, 나와 경찰서 가. 녀석의 얼굴이 새파래집니다. 제 딴엔 일진회라고 학교에서는 거들먹거렸겠지만, 형사가 허리춤을 잡고 끌고 나가는 모습에 괜히 얘기했나 하는 염려마저 했습니다. 다시 전화를 걸었습니다. "백 형사! 우리 아들 너무 심하게 다루지는 말게."

그리고 다음 날 아들을 데리고 학교에 갔습니다. 교감 선생님을 만나 말했습니다. "우리 아들은 학교에서 키우기 어려운 형편이니, 이젠 학교를 자퇴시키고 제가 제 방식대로 키우겠습니다."

또 다음 날 속초행 비행기에 몸을 싣습니다. "너, 비행기 타는 거처음이지? 너 다음에 비행기 탈 때는 이런 기분, 이런 분위기로 타지 마라. 오늘 이 비행기의 느낌을 평생 기억하고 아버지가 지금부터 너에게 명령을 하달한다. 지금부터 너는 속초 작은아버지 가게가서 연탄 배달, 석유 배달을 한다."

해병대 훈련소 교관 출신의 깡다구 좋은 막냇동생이 속초에 살고 있습니다. 내가 "야, 막내야! 찬이가 속 좀 썩여 데리고 가니 네가사람 좀 만들어라!" 하니 녀석은 의미심장한 미소를 지으며 답을 합니다.

아들 녀석을 입에 단내가 나도록 잡아 돌리나 봅니다. 아직도 동생은 해병대 훈련소 교관인 양 중학교 3학년짜리 조카를 그 추운겨울 새벽부터 저녁까지 잡아 돌립니다. 연탄 배달, 석유 배달로 한치의 잡념이 들 시간도 주지 않습니다. 그렇게 3개월이 지날 즈음한 장의 편지가 왔습니다.

"부모님, 이젠 옛일은 다 잊어버리고 새사람이 되겠습니다. 부모님, 용서해주세요."

세상에 아들이 잘못을 비는데 어느 부모가 벌을 주겠습니까? 세상에 어느 부모가 아들이 새사람이 되겠다는데, 새사람 되기 전 벌먼저 받으라고 하겠습니까? 몰라보게 변한 아들이 속초에서 검게

탄 얼굴로 돌아왔습니다.

마치 월남에서 돌아온 김 상사처럼….

고등학교에 가야 하는데 녀석의 성적으로는 부천에서 갈 만한 학교가 없습니다. 인문계는 꿈도 못 꾸고, 힘들게 공고에 들어갔습니다. 그리고 녀석은 몰라보게 변해 갑니다. 기능대학 야간학과에 들어간 녀석은 육군 이기자 부대에 입대하여 군 복무를 마친 후 다시 복학하여 편입시험을 거쳐 서울시립대로 편입하고, 이내 졸업을 하여 직장을 잡고 장가를 들어, 이젠 한 아이의 아버지가 되기까지 긴 여정을 숨 가쁘게 살았습니다.

이젠 교회에서 중·고등부 교사로, 호기심 많고 반항심 많은 십대

들을 상담하는 선생님으로 봉사하고 있으니 여간 기쁜 일이 아닙니다.

  애들 키우기가 힘듭니다. 대통령의 아들도 크게 성공한 사례가 없고, 유명한 목사님의 자녀도 부모님 얼굴 욕보이는 일이 부지기수입니다.

  그때는 힘들었지만, 그 힘든 시기를 잘 이겨낸 그런 자신의 아픈 과거를 회상하며 오늘을 열심히 살고 있는 우리 아들 찬이에게 큰 박수를 보냅니다.

아버지의 땅

가끔 복권방 앞을 지나며 '인생역전'이란 글귀를 본 적이 있습니다. 그리고 그 글귀 밑에 '몇 회에 1등 00억 당첨된 집', 이런 간판도 함께. 겉으론 픽 웃으며 무관심을 보이지만, 아주 짧은 시간 나도 한번 당첨돼 보았으면 하는 꿈 같은 공상도 해봅니다.

그러던 제가 로또에 맞았습니다. 20억짜리…. (손뼉 좀 쳐주세요, 배가 아프시다고요?)

전주 이씨 효령대군(세종의 형) 가문이라 조선왕조 오백 년 동안 비록 굶더라도 구걸하지 않았고, 물에 빠져도 개헤엄은 치지 않았던 양반의 집안이, 시대가 바뀌고 계급과 명예보다 돈이 군림하는 세상 앞에서 500년 내려온 가문의 영광은 무너지고 말았습니다.

이유인즉, 조상의 땅을 종손이라는 사람이 모든 토지 문서가 자기 아버지 이름으로 등록되어 있다는 말 같지 않은 이유로 꿀꺽꿀꺽, 야금야금, 이 땅, 저 논마지기를 팔아먹었고, 이에 우리 일가들은 치사한 종손이란 용어를 쓰며 이내 종손과 단절하고 살았습니다.

엊그제 김포시청에서 한 통의 전화가 왔습니다.

"이기진 씨가 아버님 되시죠?" 돌아가신 지 20년이나 되신 분을 김포시청에서 왜 찾을까? 너무나 의아하여 "네! 제가 아들입니다. 아버님은 돌아가셨고요." 그러자 전화기 너머로 "생전 아버님으로부터 무슨 말씀 못 들으셨어요? 아버님 명의로 김포시 검단면 불로리에 토지가 1,046평이 있습니다. 상속받으시든지, 증여받으시든지 하세요."

순간 귀를 의심했고 "뭐요, 상속이요? 네, 네, 네~." 소리를 연발하고 이내 시청으로 달려갔습니다.

이와 같은 내용으로 모 교회 자유게시판에 글을 올렸더니, 이 글을 보고 친구로부터 제일 먼저 전화가 왔습니다.

"야! 축하한다. 너 정말 대박 났구나." 그러면서 맺는말, "우리 아버지도 땅 좀 사두시고 돌아가신 것 같은데, 그거 어떻게 찾으면 되냐?"

부러움 반 시샘 반이 섞인 몹시 애타는 목소리였습니다. 목이 타겠지요. 친구가 로또보다 더 큰 유산을 찾았는데, 부럽겠지요. 친구가, 그것도 하루에 한 번씩 잘 지냈느냐고 안부 묻는 친구가 하루아침에 수십억의 대박이 났는데. 속담에 사촌이 자기 돈 주고 땅을 사도 배가 아픈데 공짜로 얻었으니….

기분이요? 김포 시청에서 아버님 이름이 기재된 토지 등본을 받고, 근처 식당에서 순댓국을 먹으며 너무 감격한 나머지 생전 처음 보는 옆 사람 밥값, 술값까지 다 내주었으니까요. 그 기분 알 만하시죠? 그 땅은 김포 신도시가 들어서서 부르는 게 값이라는, 그리고 몇 년 후엔 지하철이 지나가고 서울의 중앙대학이 옮겨 온다고도 하고, 그러면 노다지로 변한다는….

시청 앞 부동산 아줌마의 말에 참으로 가슴이 벌렁벌렁하더군요. "거기 땅이 얼마나 있느냐?"는 아줌마의 말에 손을 저으며 "땅이 어디 있어요? 한번 해본 소리죠." 하며 능청을 떠는 그 기분, 아마 그대는 모르실 거예요. 부자들만 느낄 수 있는 배 터지는 포만감을….

참으로 인간이 치사한 건 그 엄한 아버지 밑에서 그렇게 고생하시던 어머님 기억은 하나도 안 떠오르고 구두쇠, 고지식하고 무지막지한 아버님의 얼굴만 참으로 천사처럼 떠오르는 것이 아무리 봐도 저도 속물인 건 분명합니다.

꿈을 꾸며

어릴 적 흰 운동화 한번 신어보는 것이 소원이었던 검정 고무신의 코흘리개 소년이 환갑을 바라보는 나이에 섰습니다. 30년 전 얘기만 해도 이 정도 나이면 살 만큼 산 나이입니다. 가난하다는 것 빼놓고 정말 모두 좋으시다는 부모님 밑에서 우리 4형제 별 탈 없이 살아왔습니다. 가끔 그 가난이라는 것이 모든 좋은 것을 가리는 세상의 냉혹한 법칙에 분노하며 눈물 흘린 적도 있지만….

아버지의 땅문서를 가슴에 품고 이불을 덮습니다. 아무것도 모르는 아내는 오늘도 지친 몸을 이끌고 나보다 더 먼저 깊은 잠 속에 빠져들었습니다.

아마 아내는 오늘도 몇 푼의 돈을 만들기 위해 먼지 나는 그 돌가루 공장에서 온종일 자기에게 주어진 생산량과 한 달의 살림살이를 곡예사처럼 짜맞추며 깊은 잠 속에서 씨름하고 있는지도 모릅니다.

'여보! 이것 좀 봐, 아버지의 땅문서.' 하고 자는 아내를 깨울까 하다가 그것을 포기한 채 혼자 상상의 나래를 펼쳤습니다.

가진 자 입장에서 돈은 정말 기가 막힌 무기입니다. 모든 것을 가질 수도 버릴 수도 있는 요술 방망이…. 없는 자 처지에서 돈은 죽기 전 꼭 한번 쟁취해야 할 먼 산의 펄럭이는 깃발이고요.

부자의 꿈은 참으로 신 나는 만화 영화 같습니다. 오늘은 달나라, 내일은 별나라, 심심하면 백설공주도 보고, 오늘은 남극에서 펭귄과 춤을, 내일은 북극에서 백곰과 악수를, 그리고 그것이 싫증 나면 적도의 나라 사이판에서 돌고래와 키스를….

'몇억을 누구에게 줄까?' 어릴 적 공기놀이하듯 공깃돌이 손등에 올라가면 기쁘지만, 손등 밖에 떨어져도 실망하지 않는, 그런 몇억을 손등에 올려놓고 뒤집었다 엎었다 깔깔거립니다.

아버지의 아들 4형제가 있습니다. 20억의 땅을 내 계산대로 상식적으로 계산해봅니다.

큰형은 가족이 없어 홍성양로원에 계시며 내가 보호자로 내가 돌보고 있으니 큰형의 몫은 당연히 내 것이고, 막내 이놈은 속초에서 기분 내며 살고 있는데 워낙 기분파라 내가 약간의 돈으로 얼버무리며, "야 인마, 이거 형이 너 생각해 주는 거야!" 하며, 해병대 한참 선임이라는 것을 이유로 입을 막으면 그냥 넘어갈 것 같고⋯, 문제는 바로 아래 셋째 놈인데, 이놈이 강화와 아산에 땅 마지기나 있는, 돈 좀 있는 놈인데 워낙 욕심이 많고, 나이가 나하고 세 살밖에 차이 안 나지만, 그래도 형의 말이라면 죽는시늉까지 하는 착한 동생 아닌가?

그래, 아깝더라도 셋째 놈 사 분의 일 주자, 줘. 치사한 놈 해가며 몇억의 돈을 손등에서 가지고 놉니다.

TV에서 뉴스를 본 적이 있습니다. 로또 20억 당첨된 사람이 그거 다 탕진하고 강도질하다 잡혔다는⋯. 속으로 웃었지요. '자식, 돈 관리를 어떻게 했길래? 나에게 10억만 줘 봐. 금세 20억 만들지. 요즘 세상 돈 있어야 돈 버는 세상 아닌가?' 하며 쯧쯧 혀를 찬 적이 있습니다. 그런 교훈(공돈이 생기면 헤프게 써서 금방 망한다), 이런 교훈을 가슴에 지문처럼 새기고 외우면서 긴 밤을 보냈습니다.

'나는 구두쇠처럼 살자. 지금부터 나는 구두쇠다.'

친구인 광성교회 김 집사로부터 또 전화가 왔습니다. "야, 나한테만 살짝 알려줘. 자꾸 감질나게 홈피에 올리지 말고 그 돈 어디 있어?" 역시 이 친구도 보통사람입니다.

내가 얘기했죠. "모든 영화는 항상 끝이 멋있는 거야. 세상에 비밀이 어디 있냐? 화투판에서 발가벗고 혼자 거울 보고 고스톱을 쳐도 돈이 빈다는데, 지금 너 알려 줬다가 잘못되면 너 책임질 거야? 네 친구답게 멋있게 쓸려고 하니까 기다려!" 하고 애끓는 친구를 진정시켰습니다.

생각만 해도 웃기는 것이, 이 친구 속이 바짝바짝 타들어 가나 봅니다. 전화기 스피커에서 느껴져요, 녀석의 심장 뛰는 소리가.

내가 부자 되었음을 잔인하게 증명해 보기 위해 친구 회사 팩스로 보낸, 아버지 이름이 적힌 토지대장을 녀석이 확인하곤 일이 손에 안 잡히는 모양입니다.

그럴 만도 하겠지요. 처지를 바꾸어 생각하면….

나는 살며시 웃으며 또 한 번의 선심을 씁니다. 그래, 김 집사 이친구에게도 일억을 주자. 지금 대한민국 교회에서 이만한 믿음 가진 집사 쉽지 않은데 하며 내가 조물주가 된 것처럼 또 한 번의 지출 목록에 억이라고 표시하며 김 집사를 포함합니다.

돈에 벼락을 맞는 신 나는 꿈을 한 3일 꾸었습니다. 그리고 내 가슴에 지니고 있던 인간의 겨자씨만도 못한 본능을 다 까발려도 보았고요.

3일이 지난 후에야 절망 속에서 빛을 찾아 외치는 욥의 힘든 목소리를 들을 수 있었습니다. 3일이 지난 후에야 좌절 속에서 울부짖는 요나의 고통스러운 숨소리를 들을 수 있었습니다.

'김포시 검단면 불로리 ○○○번지 1,046평.'

잃어버릴까 봐 내 주민등록번호보다 더 열심히 외어둔 아버님의 땅 번지수, 이 땅은 내 것이 아니라 우리 문중의 땅이고, 그것을 1970년 집안대표로, 아버님 앞으로 등기해 놓았던 것입니다.

물론, 집안 땅을 팔아먹는 종손처럼 억지를 쓰면 아버지 땅이고 그 아들인 내 땅이지요. 등본에 주인이 아버지 이름으로 돼있으니까요. 아버님은 알고 계셨지만 돌아가시기 전 한마디의 언급도 없으셨던 '가문의 땅'. 종손이 팔아먹으려 애를 썼지만, 아버지 앞으로 등기되어 있어 끝내 팔아먹지 못한 땅.

종손은 전부터 알고 있었지만, 명의가 다르므로 끙끙거리며 팔지 못하고 그냥 내버려두고 있었던 것이고…. 김포 신도시가 생기고 국토 지분정리에 아버지 이름이 나오고, 토지공사에서 물어물어 나에게 연락이 온 것입니다.

가슴에서 무언가 불방망이질을 하는 것 같았습니다. 결혼 초 돈이 없어 지하 셋방으로 옮겨 다니며 장마철이면 젖은 이불과 아이 책들을 들고 이집저집 피난 다니던 그 슬픈 기억들이 가슴 저 밑바닥에서 몰려왔습니다.

그때 젖먹이 아이를 안고 흘린 아내의 슬픈 눈물들….

그 슬픈 눈물들이 폭포처럼 내 눈에 전염되었습니다. 찔끔 눈물을 보였습니다. 아버지는 나에게 유독 유산을 남겨두지 않으셨습니다. 이유요? 그 이유라는 것이 참으로 간단합니다.

형은 몸이 약하고, 셋째는 마음이 여리고, 막내는 세상 물정 모르는 녀석이라 더 걱정스럽고…. 둘째 네놈은 사막에 낙하산으로 떨어뜨려 놓아도 우물 파고 장가갈 놈이란 아버지의 그 엉터리 판단에 내 몫의 유산이 모두 형과 동생에게 간 것입니다. 우리 아버지의 절묘하고 위대한 유산정리법입니다.

자랑은 아니지만, 아버님 돌아가시고 그 후로 30년, 혼자 된 형 내가 돌보고 있고, 속초에서 세상 물정 모르고 사는 막내, 이것저것 챙겨주며 사니 아버님 말씀이 영 틀린 것은 아니지만….

아버지의 땅이요? 가문의 땅으로 그대로 두기로 했습니다. 그래도 우리 집안이 물에 빠져도 개헤엄은 안 한다는 전주 이씨 왕족의 자손이거든요, 허~허~허…. 내 나이도 60인데 이다음 하늘에서 아버님 뵈면 잘했다, 내 아들아. 칭찬받고 싶어요.

가문의 땅이 제 이름으로 있으니 집안 친척들이 저에게 절절맵니다. 그래서 제가 집안 종손회의 때 공표했죠.

"선비처럼 품위 있게 사는 사람만 이다음에 땅이 팔리면 유산 준다…."

내 한 마디에 모두 개처럼 안 살려고 야단입니다.

- 2012년 3월 '거룩한 빛 광성교회' 홈페이지에

▶ 거룩한빛 광성교회

팔촌 이강욱

2004년 4월 5일, 온 세상에 하얀 눈이 내립니다. 기상대 예보로는 4월에 내리는 눈으로는 30년 만에 많이 내리는 폭설이라고 합니다. 그런 눈을 바라보며 일을 보고 있는데 현장에 나가 일하는 김 소장으로부터 다급한 전화가 왔습니다. 이강욱 씨가 일하다 떨어져 병원으로 구급차에 실려 갔다는 것입니다. 상태가 어느 정도 되느냐 물으니, 죽었는지 살았는지 알 수 없다는 비보였습니다.

내 팔촌 이강욱, 집안이 많은 곳에서야 팔촌이면 가까운 친척도 아니지만, 집안이 워낙 없고 아래윗집에서 자라고, 동갑 나이에 학교도 같은 학교, 같은 반으로 쭉 다녀왔기에 우리 사이는 팔촌 이상의 의미가 있는 형제였습니다. 그런 팔촌을 내가 우리 회사에서 일

자리를 주고 함께 기쁨과 슬픔을 나누며 형제처럼 지내온 사이입니다. 조그만 회사를 운영하며 전국 식당에 음식 운반용 승강기를 설치하는 회사라 현장에는 늘 위험이 도사리고 있습니다.

인천에서 연락을 받고 안암동 고대병원으로 가기 위해 내부순환도로에 올라섰습니다. 눈이 그렇게 내리는 속에서 외치는 오직 한가지 바람, '죽지만 말아다오!' 하는 절규가 내 심장에서 요동을 쳤습니다.

'강욱아, 죽지 마라. 너 죽으면 나도 큰일 나고, 너 죽으면 너의 집은 물론 우리 집도 큰일 난다.'

하나님을 외치며 차 앞에 매달린 십자가를 잡고 목메게 기도를 드렸습니다. "아버지 하나님! 우리 이강욱이 좀 살려 주세요." 병원에 도착하니 팔촌은 중환자실에서 머리 수술을 시작했습니다.

같이 일하던 직원들은 미안한 듯, 황당한 듯 어쩔 줄 몰라 합니다. 3층에서 일하다 그만 헛발을 디뎌 1층으로 추락하여 머리 부분이 많이 다쳤다는 것과 현장에서 피를 많이 흘렸다는 것이 걱정에 걱정을 더해 왔습니다. 긴 밤을 지내고 아침이 되어서야 수술실에서 나옵니다. 머리와 온몸에 붕대를 칭칭 동여맨 팔촌은 마치 송장을 염한 것 같은, 그런 죽은 사람의 모습이었습니다. 그런 그의 모습에 아내가 달려와 울고 자식이 침대를 붙잡고 웁니다. 의식은 물론 눈까지 감아버린 나의 팔촌, 의사의 좀 더 지켜봐야 생사를 알수 있다는 말에 가슴이 철렁하고 천만 근의 돌덩이가 떨어집니다.

강욱아!

병신이라도 좋다, 살아만 다오. 내가 흘린 눈물이 병원 바닥을 적십니다. 왜 그토록 억울하고 서러운지…. 아직 우린 살아서 할 일도 많은데 생사를 알 수 없다니, 생사를 알 수 없다는 의사의 말이 그토록 야속할 수가 없었습니다.

이런 사고는 처음이라 사람이 다치면 어떻게 해야 하는 것인지 그것도 몰랐습니다. 비정규직이라 산재보험도 안 들어 있고, 들리는 말로는 산재에 가입해 있다 해도 현장 사고는 현장 산재에 별도로 가입해야 한다는 것입니다.

그런 상황, 그런 형편에서 일도 손에 안 잡히고 매일 술로만 시간을 보냈습니다.

그리고 근 한 달 만에 의식을 차렸습니다. 눈을 뜨고 약간의 사람을 알아보는, 그가 알아보는 사람은 유일하게 아내와 나 두 사람이었습니다. 내가 링거가 주렁주렁 달린 팔촌의 손을 잡자, 그도 잡은 손에 힘을 주는 듯했습니다. 의사의 진단으로는 이젠 죽을 고비는 넘겼다며 다음은 의식이 오느냐가 관건이라는 것이었습니다.

그렇게 또 한 달의 시간이 흘러갔습니다. 아직도 사람은 아내와 나밖에 못 알아보는데 자꾸 나만 보면 우는 것입니다. 더듬거리는 입술로 "찬이 아빠, 미안해!" 하면서…. 내가 받아칩니다. "미안한 거 알면 힘내고 이겨내. 그래야 미안한 거 갚을 거 아니야."

팔촌도 울고 나도 또 웁니다. 본인도 부주의로 일하다 실족해 회사에 누를 끼쳐 미안하겠지만, 나도 얼마나 미안한지. '그래, 두 명이 나가서 해도 되는 일을 굳이 세 명을 내보내 일을 시키다 이런 화를 당하는구나.' 하는 내 반성도 밀려오고, 이젠 이 회사를 어쩌나 하는 불안도 엄습해 오곤 했습니다. 하지만 그런 여러 가지 이유에 앞서 팔촌이 살아있다는 것이 얼마나 큰 위안이고 행복인지 알 수 없었습니다.

내 팔촌 이강욱이가 살아 있다. 내가 먼저 죽으면 내 장례위원장 해주고, 본인이 먼저 죽으면 그 장례 위원장은 내가 한다고 늘 약속한 내 팔촌, 이 강욱.

▶ 나의 영원한 팔촌 이강욱님

　일이 끝나면 늘 막걸리 한 잔을 따라 놓고 "이 사장, 내 팔촌 이강민이 파이팅!" 하며 건배를 외치던, 생일이 나보다 보름이 빨라 굳이 따지자면 형님이지만, 그냥 '찬이 아빠, 화영 아빠'로 터놓고 지내는 사이로, 동네 친구들과 집안 친척 모두가 우리 사이를 부러워하는, 내 팔촌이 죽었다가 살아났으니 이거 하나로 나도 더불어 살아났습니다.

　한 반 년을 고대 병원에서 지내다 이젠 상태가 조금 호전되어 김포 온누리병원으로 자리를 옮겼습니다.
　아직 정신이 혼미하여 모든 것을 잘 기억 못 하고 많은 것을 잊어버렸지만, 일상의 대화는 가능할 정도가 됐습니다. 입원 1년이 오니

화장실 출입이 가능해졌고, 웬만한 기억도 많이 되돌아왔습니다.

하나님의 도우심으로 산재도 잘 처리되어 치료비는 물론 평생 받을 수 있는 기백만 원의 연금까지 받게 되었습니다. 아직 예전처럼 완전한 기억은 안 돌아왔지만, 생활하기엔 이젠 불편이 없고, 요즘 내가 지방 출장 때면 늘 내 곁에서 운전도 서로 교대로 해가며, 출가한 자식들 얘기, 그리고 집안의 이런저런 얘기까지 늘 주고받으며 지내는 영원한 친구가 되어 지내고 있습니다.

훗날!

나이 들어 이것저것 다 털어버리고 제주도 가서 같이 살자는 약속, 참으로 그런 날이 오길, 그런 아름다운 노후가 오길 기대합니다. 더불어 내 팔촌 이강욱이가 살아 있어 나는 무척 행복합니다.

- 2020년 『동행』 2월호에

동생

 동생이 있습니다.

나하고 세 살 차이 나는 쉰여덟 먹은 남동생인데, 착하고 순한 내 동생은 화물차로 페인트를 실어 나르는 기사이며 차주입니다. 30여 년을 새벽에 출근해 자정에 들어오는 그야말로 일밖에 모르는 동생입니다.

며칠 전, 그런 동생으로부터 전화가 왔습니다.

"형, 나 부천 약대교회 앞 삼화페인트에 페인트 싣고 가는데 몸이 아파 그러니 형이 나와서 좀 도와줄 수 있어?"

그런 전화를 받고 '이놈 이거 혼자 내리지, 이 새벽에 잠자는 날 왜 불러?' 하고 투덜거리며 현장에 도착했습니다. 3톤 화물차에 가득 실은 페인트를 둘이서 한 시간을 내렸습니다. 얼마나 무겁고 힘이 드는지 추운 새벽 이마에 구슬땀이 송골송골 흘러내렸습니다.

동생에게 물었습니다.

"너, 이렇게 매일 나르는 거 힘들지 않어? 조수라도 데리고 다니지, 이거 힘들어 어떻게 해?"

"형, 이거 일이라고 생각하면 힘들어 못해. 새벽 운동이라고 생각하고 해야지. 이 일 해서 얼마나 번다고 조수까지 데리고 다녀? 형 잠잘 시간인데 불러내 미안해." 그가 내민 박카스 한 병을 마시며 나도 몰래 주룩주룩 눈물을 흘립니다.

아! 내 동생 강돈이가 이렇게 힘든 일을 하고 있구나. 녀석이 화물차 차주라고 하여 그냥 한 달에 몇백씩 돈을 버는 줄 알았는데, 이렇게 이렇게 땀 흘리며 신음하며 돈을 벌고 있구나. 감기 몸살에 연신 기침을 콜록이며 해 대는 동생을 바라보며 참으로 말로 표현할 수 없는 가슴 뭉클함이 몰려 왔습니다.

우리 4 형제 중 부모님께 제일로 효도하던 강돈이.

40년 전 동생이 안양의 전파사에서 일하던 때, 형이라고 빈둥대며 놀던 내가 찾아가면 뒷주머니에 오백 원, 천 원씩 넣어주며 '형, 힘내고 살아.' 하고 내 등을 두드려 주던 형 같은 동생 강돈이…

나 잘 먹고 잘 살자고 새벽에 교회 가서 기도하는 것도 힘들어 못 하는데, 아니 사순절 40일 새벽 기도도 차마 권사라는 계급(?)에 어쩔 수 없어 이것저것 투정이며 나오는데, 동생은 30년 동안 비가 오나 눈이 오나 새벽을 깨우며 페인트를 나릅니다.

그래.

아들 녀석이 이번 환갑 여행을 제주도로 보내준다는데 그래, 동생 부부를 데리고 가자. 그래서 일밖에 모르는 녀석에게 맛깔나는 갈치구이도, 싱싱한 한라봉도, 그리고 푸짐한 제주 흑돼지도 먹여주자. 그리고 성산 일출봉, 그 분화구 위에서 우리 형제 힘차게 만세도 불러보자. 동생에게 약속을 합니다.

"형이 올봄에 환갑 여행 가는데, 너 제주도 데리고 갈 테니 그리 알어라."

동생이 거친 손으로 내 손을 잡습니다. 내가 따스한 손으로 동생을 안았습니다.

그리고 벌써 비행기 표를 예약한 아들에게 전화를 합니다.

"작은아버지 비행기 표도 끊어라. 작은아버지 부부 안 가면 나도 제주도 안 간다."

연휴에 우리 비행기 표도 어렵게 구한 아들과 며느리가 큰 한숨을

쉽니다. "아버지, 5월 연휴 비행기표는 아무리 구해봐도 없어요."

내가 명령합니다.

"이놈들아, 정성을 다해 구해 봐. 정성이 없는 거지, 비행기 표가
왜 없어?"

"아이고, 우리 아버지!" 하는 아들의 한숨 소리가 핸드폰 밖으로
연기처럼 흘러나옵니다. 무식한 명령이지만 동생을 데리고 가라는
하나님의 도우심으로 표가 나왔습니다.

순간, 30여 년 전 돌아가신 부모님의 미소가 새벽안개 사이로 반
짝이며 투영됩니다.

 2013년 5월 MBC 라디오 「여성시대」 방송

▶ 페인트 운반 차량 앞에서 내 동생 이강돈

아름다운 청년
준희에게

▶ 이준희 청년

푸른 바다에는 고래가 있어야지, 가슴에 고래 한 마리 품고 있지 않
다면 어디 그게 청년인가

- 광화문 교보문고 빌딩에 걸린 현수막

이준희! 요즘 어떻게 지내나?

나는 아주 죽을 맛이야. 이제 벌써 내 나이도 환갑을 바라보고
있으니. 그래서 그런지 무릎도 시큰시큰 아파져 오고 눈도 침침하
고 이젠 염색을 안 하면 순백으로 변하는 머리칼을 보며 세월 앞에
'항복'하며 두 손 들었네. 오직 한 가지 남은 건 젊었을 때의 그 '깡'
만 남아 가는 세월 앞에서 몸부림치네. 아마 자네 부모님도 내 푸념
과 비슷하실 거야.

준희는 뭔가 올해 계획한 게 있고 뭔가 올해 풀리는 게 있는지?

공부도 안되고 취업 준비도 잘 안 된다고? 어이구 준희야! 세상이 어디 그리 만만한가? 세상에 계획한 대로 다 되면 신이 뭐 필요하겠는가?

실패했다고? 잘했네! 세상에 실패 모르고 성공한 놈이 몇이나 되는가? 아! 있긴 있었지. 현대그룹 정몽헌, 아마 삼성의 그 잘생긴 막내딸도 거기 포함됐는데, 그 사람들 실패를 모르는 사람들이야. 우린 실패 단골 전문가이고.

어떤 때 가끔 로또 1등의 허망한 꿈도 꾸고, 어떤 때 가끔 내가 배용준이나 장동건이를 닮은 구석이 있나 하고 거울을 유심히 보곤 하지. 하지만 거울은 정확하더군. 5초 이상을 못 보게 해. 후한 점수 줘봐야 너는 마빡이 정도라고 비웃지.

어릴 적 난 엄청나게 가난했거든. 우리 시대 보통은 다 그렇게 살았고, 지금도 부자는 아니지만….

어릴 적 소원은 한 가지, 비행기 타 보는 것이었어. 나도 하늘을 나는 저 비행기 타고 푸른 바다와 높은 구름을 뚫고 날아볼 수 있을까? 도대체 비행기를 타는 저 사람들은 돈이 얼마나 많으며, 무슨 직업을 가졌길래 비행기를 탈까 하고, 나에겐 꿈 같은 얘기라고 생각했네.

자네도 들었는지 모르지만, 내 별명이 돈키호테라네. 세상을 계산적으로 살지 않고 항상 엉뚱한 것을 펼쳐 놓는, 좋은 말로 자유와 정의를 꿈꾸며 비겁한 것에 대항하는 풍류 시인이고, 뒤집어 생각하면 참으로 세상 살아가기 어려운 철없는 한심한 놈이지.

어릴 적 시골에서 남들이 다 하는 농사 안 짓고 새(잉꼬, 십자매 등)를 길러(3,000마리) 모든 사람의 시선과 조롱을 한몸에 받았고, 장가가서 아들 이름도 '이보람찬'이라고 지어 전주 이씨 어른한테 핀잔도 들었던 돈키호테라네.

아무튼, 나의 별명 돈키호테는 나에게 어떤 조롱이었으며, 더불어 꼭 해서 이겨야 한다는 약이기도 했지. 그리고 그 꿈은 스물다섯에 제주행 비행기를 타고 처음 하늘을 날아 보았네. 물론, 외국 가는 것은 상상도 못 했지만, 비행기 안에서 내 고향 땅을 내려보며 흐르는 눈물을 지체할 수 없었네. 나 같은 촌놈도 꿈을 꿀 수 있구나 하고, 나 같이 못 나고, 나 같이 배경 없,고 나 같이 꼴등만 하는 놈도 꿈을 꿀 수 있구나 하고….

훗날 하나님의 도우심으로 수십 나라를 다녀보는 축복을 받았네! 물론, 외국을 많이 다닌 것이 결코 자랑은 아니지만.

중학교 시절이었지. 키도 작고 가난하고, 공부도 못하고 늘 수줍은 난 힘센 놈들의 노예였네. 등하교 시 가방 짐꾼은 물론 빵 사주고 돈 빼앗기고 얻어터지고, 아마 그 시절 자살이라는 걸 몰라서 못했지, 그거 알았으면 열 번은 더했을 것이네. 그런데 맞다 보니 가슴에 고래가 자라는 거야. 언젠가 저 새끼를 꼭 이기고 말겠다고 키우는 고래가….

헌데 어쩌겠나? 하루아침에 작은 놈이 큰 놈을 무슨 수로 당하겠느냐 말이야. 칼로 그놈을 꾹 찌르기 전에는. 그 고래의 꿈을 이루는 데 6년 걸렸네. 고등학교 졸업도 안 하고 해병대 지원을 했네. 그래서 휴가 와서 빈둥거리며 놀고 있는 놈을 찾아, 녀석이 "아이고! 살려 주세요." 할 때까지 끌고 다니며 때렸네. 물론 이것 또한 결코 자랑은 아니지만. 그래서 나는 지금도 왕따 당하는 애들이 돈 주고도 못 사는 꿈의 공부를 하고 있다고 생각하지. 부모가 해결해주고 선생님께서 보호해주면 애들은 언제 뭔 고래의 꿈을 꾸겠는가? 맞고 터지고 밟히면서 자라나는 거지.

어른이 되어서도 부모가 챙겨줄 건가? 마음을 뒤집으면 '자살도 살자로' 바뀌는 것. 이것이 믿는 사람의 기준이고 신앙 아니겠는가?

준희야! 잡초는 말이야, 바람보다 먼저 눕지만 분명 바람보다 먼저 일어나거든. 이게 내 철학이고 내 삶의 방향이야.

몇 년 전 스페인을 여행하는 기회가 있었네. 자네도 알다시피 거기가 세르반테스의 소설『돈키호테』의 고향 아닌가? 안내자가 돈키호테가 묵었던 여관이라며 여관 앞 돈키호테 동상을 보여 주는데 남들은 사진을 찍고 야단이었는데, 미안하지만 난 거기서도 훌쩍훌쩍 울었네! 늙은 말에 허술한 창을 꼬나쥔 작은 사나이 '돈키호테'가 꼭 나를 보는 것 같아 마누라 몰래 혼자 울었네.

얘기가 길었나? 헌데 말이야, 기분에 올해 꼭 청년부가 잘 될 것 같단 말이야. 자네처럼 든든한 믿음의 친구들이 있어서 아마 올해도 우리 교회 청년부, 더욱더 부흥할 거라 믿어. 올해 여름 60명의 친구가 홍천으로 청년부 수련회 다녀왔는데, 얼마나 큰 은혜를 받고 왔는지 가슴이 다 뭉클하더라고.

내가 다른 건 몰라도 올해 자네하고 친해지고 싶네. 자네는 나의 자랑스러운 약대교회 후배일 뿐 아니라 먼 훗날 죽어 천국까지 함께 갈 약대의 믿음의 평생 동지들이니까.

나도 영업을 십수 년 해서 사람을 조금 볼 줄 아는데, 이준희, 자네는 잘 될 거야.

자네는 착하고 의지가 강하며, 또 예수님이 자넬 무척 사랑하시거든. 부모님의 간절한 기도가 정의를 보고 나가는 자네의 삶에 든든한 등대가 되어 주리라 믿네.

아무리 바쁘더라도 청년부를 기억하고 더불어 은혜 받자. 우리 다 아는 얘기지만 예수님보다 더 귀한 것이 어디 있고, 예배보다 더 앞에 있는 것이 어디 있니? 예배 빠지지 말고 참석하라 하면 이것 또한 자네의 신앙에 자존심 건드리는 일이라 더는 얘기하지 않겠어. 난 자네의 고귀한 믿음을 높이 존중한다.

차 한 잔 마시고 싶으면 언제든 전화하게. 우리 집 근처(이브) 커피집 많은 거 알지? 커피집만 16개라네. 아무 때나 들러도 항상 맛있게 대접할 수 있다네.

나는 자네가 가슴에 커다란 고래를 품고 꾸는 푸른 꿈이 꼭 이뤄지리라 믿어. 내가 중학교 때부터 놈을 꼬나 메치기까지 고래의 꿈을 꾸었듯이.

내가 스페인 카테 빌라 마을 돈키호테 동상 앞에서 무릎 꿇고 눈물을 흘리기까지 수십 년의 세월이 흘렀듯이, 자네의 꿈도 꼭 이루어지리라 믿네. 너무 성급히 생각하지 말게. 자네는 청년 아닌가 말이야. 하나 중요한 건 쉬지 말아야 한다는 걸세. 물론, 주님께 기도하며 함께하는 모습을 보여야 하겠지만.

세상 얼마나 많은 유혹이 존재하는가? 세상은 일등만을 원하고 일등에게만 관심을 두지. 물론, 세상은 인내심 가진 토끼를 원하지만, 거북이라도 괜찮네! 쉬지 않고 앞으로 나간다면.

오늘 이 편지가 자네와 인간적으로 통하는 첫 번째 사랑의 곡조가 되길 기원하네. 진심으로 생일을 축하하며….

- 2012년 청년부장 시절 홍천 수련회에서

▶ 약대교회 청년부

아내의 책가방

초등학교 4학년 수학책을 보신 적 있습니까?

없으시다고요?

혹시!

지금이라도 자녀, 또는 손주, 손녀의 책가방을 열고 수학책을 꺼내 보십시오.

거기 그 책 속에는 이집트 피라미드 동굴 속 벽화의 그림처럼 복잡한 숫자가 그려져 있고, 마치 모세가 찾아낸 돌판의 십계명처럼 어렵고 힘든 암호가 흩어져 있습니다.

거기! 열한 살짜리 초등학교 4학년 손주의 수학책에…

우리 외손주가 도수 높은 안경을 끼게 된 주된 이유도 그런 복잡한 미로의 수학 문제를 힘들게 풀 수밖에 없는 이 시대의 잘못된 교육 때문이라고 나는 믿습니다.

　나는 열한 살 그 나이에

　그렇게 공부라는 것과 담을 쌓고,

　영어와 한문으로 간신히 이름만 쓰고 살아도 여태 미제 초콜릿과 과자 빵을 다 가려서 먹고 살았으며,

　국민학교 졸업 때까지 손가락 열 개를 꼽으면서 구구단을 못 외었어도 평생 사기 한 번 안 당하고 살았으며,

　우리 마을에서 검사, 판사, 아니! 순경 한 명 안 나와도 도둑놈 하나 없는 그런 깨끗하고 착한 마을에서 나는 살았습니다.

　"공부해라. 그만 놀고 숙제 좀 해라."

　참으로 어머님에게 20년 동안 줄기차게 들었던 지문 같은 언어,

　"공부 좀 해라. 너 커서 뭐가 될래? 이놈아! 공부해서 남 주냐?" 그것이었고,

　그리고 거기에 덧붙여 누구네 애는 집에 오면 가방 펴놓고 숙제부터 한다는데 이놈은 하는….

　듣기 싫은 후렴이 꼭 따라 붙었습니다 "쯧쯧! 저놈은 누굴 닮아 저 모양인지?" 혀를 차는 제2의 박자와 함께.

한데 요즘!

우리 집에 이런 보통의 상식을 뒤집는 일대 사건이 벌어졌으니 아내가 공부하러 학교에 다닌다는 겁니다.

경로당의 노인대학 갈 나이인데, 중학교에 다닌다니, 그것도 3년 정규 학교를.

뭐 야학도 아니고, 검정고시도 아니고, 방송 통신도 아닌 일반 중학교를.

40년 전에 졸업한 중학교를 공부가 더 하고 싶고, 학교 다니는 것이 재미있어 또 다닌다니….

책가방을 메고 아침에 나보다 더 먼저 등교를 하는 아내를 물끄러미 쳐다보면서 정말 『세상에 이런 일이』 텔레비전 프로가 아닌 우리 집에도 있구나 하고 헛기침합니다

저녁때는 대한민국 사람 반이 본다는 『왕가네 식구들』이 나오는 연속극도 안 보고 아내는 숙제하기에 전념합니다.

"여보. 수박이가 오늘 이혼한대. 어구구, 저런! 호박이 쟤는 애까지 뱄네, 뱄어." 하고 연속극 상황을 중계해도 아내는 광화문 사거리 한복판에서 떡 하니 책 펴들고 앉아 있는 세종대왕처럼 요지부동, 꼼짝을 안 합니다.

슬쩍!

아내의 산수책을 보니 이건 보기만 해도 어질어질, 어지럼증이 오는 피카소 그림 같은 x와 y가 등장하고, 놈들이 새끼까지 쳐서 x=2y의 값은? 하는 외래 변태종이 중학교 산수책에 버젓이 둥지를 틀고 있습니다.

분명 내 어릴 적 산수책에는 영희네 집에 사과나무가 열 개 있는데 철수가 다섯 개를 먹었다.

그러면 남는 것은 몇 개인가? 그런 산수 문제였는데 도대체 x는 뭐고 y는 뭐란 말인가?

아내는 삼라만상, 아주 오묘하고 심오한 미소를 머금고 무언가에 심취한 완벽한 수도자처럼 그런 문제를 풀어 갑니다

그 모습이 사뭇 바둑 9단의 입신에 오른 사람처럼 너무 엄숙해 말 걸기조차 겁이 납니다.

인공지능 알파고와 바둑 두는 이세돌 9단 같아요.

그런 공부하는 아내를 신기하게 물끄러미 쳐다보며 한마디 합니다.

"당신 그렇게 공부가 좋아?"

"네, 좋아요. 내가 배워야지 손주들 가르칠 거 아녜요."

애들이 당신한테 이런 문제 물어보면 당신은 뭐라고 할 거예요?"

그래!

아내는 교회에서 성경공부를 해도 한두 시간 엉덩이도 안 돌리고 그냥 앉아 듣는데, 나는 30분만 앉아도 엉덩이뼈에서 온갖 잡신호를 보냅니다.

당신답지 않게 왜 이리 오래 앉아 있으며, 당신답지 않게 무슨 공부냐고?

당신답게 그렇게 요란하게 그렇게 뼈적지근하게 그렇게, 그렇게 쿵쿵거리며 살라고,

내가 생각해도

나다운 것은 그냥 뛰어다니며 터득하고 얻는 것이요,

나다운 것은 터지고 깨지고 부딪치면서 만드는 것입니다.

그래서 내 자동차 주행거리가 1년에 보통 7만 km을 넘어 이건 자동차가 아닌 비행기 수준이며, 공부 많이 한 놈 계산으로는 답이 안 나오는 인생 공부를 학교 교실이 아닌, 나는 세상이라는 광야에서 한다는 겁니다.

보통 아내의 공부는 자정이 넘어 끝납니다.

그런 공부하는 아내 덕에 그나마 덤벙대는 내가 살고 있지 않나 그런 생각을 해봅니다.

아마 아내도 나 닮아 덤벙대며 질러대는 스타일이었으면 우리 가정은 진작 '뻥' 터졌을 겁니다.

성경에 아내를 주님 섬기듯 하라는 주님의 말씀,

분명 아내도 그 말씀을 알진대, 내가 주가 아닌 종처럼 자기를 대해도 한 번도 성경책 들이대고 "이강민 권사, 이거 당신 눈에는 이런 구절 안 보여?" 하며 따진 적 없는 것 충분히 알고 있고요. 그래서 그렇게 따지기 전 아내를 주님 섬기듯 하며 살려고 무진장 애쓰고 있습니다.

알 만한 사람은 다 압니다.

그나마 붙어있던 남성시대는 이제 세월호와 함께 침몰해버리고 위대한 여성시대가 왔다는 것, 팬티만 입고 탈출하는 남자 선장, 아이구! 보기만 해도 민망하고 부끄럽고.

그래서 남자는 졌습니다. 이제는 여성시대입니다.

아버지 하나님!

우리 아내 중학교 과정을 잘 마무리 할 수 있도록 도와주시옵고,

혹여! 공부 더 하고 싶어 고등학교, 대학에 간다고 하면 그 마음자알 포기할 수 있도록 권유하고 관여하여 주시옵소서.

대학은 저와 함께 이다음 경로당 노인 은빛 대학 가면 그걸로 충

분하니까요.

오늘도 이 늦은 밤 책상에 앉아 내일의 공부를 위해 복습하고 점검하는 아내에게 큰 박수를 보냅니다.

 2016년 3월 MBC 라디오 『양희은 서경석의 지금은 라디오시대』 방송

▶ 2020년 아내는 부천대학 사회복지과를 졸업하여 현재 봉사활동 중

기국이의 가을 운동회

　　　　　연골 무형증이란,

몸이 자라지 않는 장애를 가진 초등학교 6학년 김기국이란 학생
이 있습니다. 작은 체구의 그는 해마다 열리는 가을 운동회가 두렵
고 싫었습니다. 왜냐하면 기국이는 달리기에서 꼴등만 하기 때문
입니다.

물론, 기국이는 신체적 장애를 들어 달리기에 참여 안 해도 되지만…

허나! 그의 아버지는 그를 달리기에 내보냅니다.

"꼴등 하더라도 절대 포기하지 마라!"

앞으로 세상을 살아 나가는데 자기 자신의 신체적 약점을 이유로
모든 것을 포기한다면 이 험한 세상 포기만 하며 어떻게 살아가
느냐며 달리기에 그를 내보냅니다.

그런 몸에 심한 장애가 있는 아들을 정상적인 애들과 뛰게 하고 꼴등으로 뒤처져 힘겹게 들어오는 아들의 모습을 지켜보는 부모의 마음, 아마 가슴이 찢어질 것입니다.

아버지는 이렇게 말합니다.

"꼴등과 일등과의 간격은 별로 안 나지만, 포기와 꼴등과의 간격은 엄청 많이 난다고…"

올해도 그는 100m 달리기에 출전해 꼴찌로 달립니다. 친구들에게 30여 m나 뒤처져 힘들게 달리고 있었습니다.

그는 창피함이 몰려와 포기할까도 생각했을 겁니다. 그리고 이런 경기에 자신을 출전시킨 아버지를 한없이 원망했는지도 모릅니다.

허나! 관중석에서 수건을 흔들며 힘내라고 소리치는 엄마 아빠의 모습을 보고 그는 눈물을 흘리며 뛰었습니다.

그런데 참으로 놀라운 일이 벌어졌습니다.

저만큼 앞에서 달리던 친구들이 서서 자기를 기다리는 것이었습니다.

그들이 내게 손을 내밀며 같이 뛰자고 합니다.

너무 갑작스럽고 순식간에 벌어진 일이라 당황하였습니다.

당황하며 망설이는 내 손을 친구들이 잡아 주었습니다.

"기국아, 힘내 우리 함께 뛰자. 우린 친구 아닌가…."

친구의 손을 잡은 나는 바보처럼 또 울었습니다.
얼마 남지 않은 결승선을 나는 힘차게 달렸습니다.
물론, 친구들이 내민 따뜻한 손을 잡고 말입니다.
나는 평생 처음 일등으로 결승 테이프를 끊었습니다.
우리 반 내 친구들이 너무 고마웠습니다.

6학년 2반 내 친구들의 이름은 심윤섭, 양세찬, 오승찬, 이재홍입니다.

오늘 아침 출근하는 차 안에서 CBS 라디오 김현정의 뉴스 쇼에 용인 제일 초등학교의 훈훈한 가을 운동회 이야기가 흘러나왔습니다.
연골종을 앓고 있는 기국 군의 아버지가 출연해 인터뷰하는 방송을 듣고 그만 핸들 잡고 울고 말았습니다.

다른 친구에 비해 체격이 반밖에 안 되는 기국이를 위해 결승전에서 손을 내밀어 함께 테이프를 끊은 기국이의 친구들이 고맙다며 어른인 그가 펑펑 흐느끼며 눈물을 흘립니다.

그리고 그 사연을 인터뷰하는 아나운서도 소리 내어 웁니다.

모두가 나만 생각하고, 기껏해야 내 가족이나 염려하는 이 각박한 시대에 어린 기국이의 친구들의 아름다운 행동 하나가 이 아침 우리를 감동시킵니다.

결승 테이프를 끊고 일등으로 들어왔다고 활짝 웃으며 기뻐하는 아들을 안고 같이 엉엉 울었다는 아빠와 엄마.

아! 그 아버지의 깨끗한 눈물이 메마르고 갈라진 이 땅의 욕심쟁이들의 팍팍한 가슴에 단비가 되어 흐릅니다.

이런 사연의 줄거리를 평소 잘 아는 내 친한 친구에게 얘기했습니다.

감동적이고 애들이 장하지 않으냐고!

한데 그 친구 뜻밖에 이런 얘기로 답을 합니다.

"야, 그거 어른들이 미리 짠 각본에 아이들이 놀아난 거 아니냐?"

그렇습니다.

어른들은 무조건 의심하고 무조건 경계합니다.

선한 일에 익숙해 있지 않아서 일단 내게 득이 없다 생각하면 일단 뒤로 빠집니다.

모르죠. 그 내용을 듣고 감동해 눈물 흘린 나 자신이 너무 감상적이고 약삭빠른 세상에 뒤처져 있는지.

아무리 과정이 순수해도 세상은 결국 일등만을 바라고 모두 챔피언과 금메달만을 원하니까요.

물론, 아이들이 뛰기 전 담임 선생님께 말씀을 드렸다고 합니다.

우리 친구들의 생각인데 이렇게 해도 되느냐고.

마음 착한 선생님도 감동하셨는지 너희들의 마음이라면 그리해도 좋다고 승낙을 하셨답니다.

방송을 듣고 용기를 내어 용인 제일초등학교에 전화를 걸었습니다. 애들이 너무 자랑스러워 6학년 2반 학생들에게 맛있는 피자 한판 돌리고 싶다고.

전화를 받은 교장 선생님은 고맙다며 마음만 받겠다고 하십니다.

그래서 약간의 학교 발전기금을 기부하겠노라 하니, 그것 또한 법으로 못 받게 되어 있어 죄송하다고 합니다.

그러면서 하시는 말,

아이들이 평범하고 보통의 일을 한 것인데, 너무 소문이 나 오히려 부담스럽다고.

그러면서 다시 하시는 말, 그래도 시간 내시어 격려해 주셔서 너무 감사하다고….

여러 가지 도움의 방법 중에서 학교 도서관에 책 몇 권을 기증하는 것으로 인사를 하였습니다.

이 아침!
왜 이리 기분이 좋은지….
다시 한 번 기국이와 기국이의 아름다운 친구들에게 큰 박수를 보냅니다.

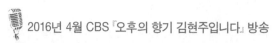

2016년 4월 CBS 『오후의 향기 김현주입니다』 방송

▶ 출처: 국민일보에서

태극기 휘날리며

몇 년 전, 중국 북경을 여행하는 기회가 있었습니다. 자금성의 그 웅대한 궁궐을 보고 얼마나 놀라고 얼마나 부러워했던지.

허나 자금성의 역사에 대하여 설명해주는 가이드의 기막힌 말을 듣고 그 놀람과 부러움이 치욕으로 투영되어 되돌아와 그 괴로운 여운으로 한동안 힘들어했습니다.

가난하고 힘없는 나라 고려와 조선의 사신들은 매년 대국의 황제에게 조공을 바치기 위해 처녀와 산삼 등 곡물을 싣고 반년에 걸쳐 산 넘고 물 건너 이곳 자금성에 도착합니다.

그들은 지친 몸을 기대고 보통 한 달을 성 밖에서 대기한 뒤, 마침내 황제의 허락이 떨어지면 그 넓고 긴 열두 대문을 서서 가지도 못하고, 기어가서 황제에게 소국의 사신으로 신하 된 자의 뜻을 표하며 황제에 대한 천만세를 부릅니다.

물론, 이것도 황제가 한 번 보고 가라고 해야지 가능하지, 너희 같은 변방의 나라 사신 만나볼 시간이 없다. 가지고 온 선물이나 놓고 가라 하면 그들은 풀 죽은 모습으로 고국으로 돌아가는 수모를 겪으며 말입니다.

이런 우리 조상의 한이 서려 있는 중국의 얼굴 국제도시 상해를 천년의 세월이 흘러, 2015년 여름 작은 땅 반도의 한 무리의 청소년들이 대륙의 심장부에 저마다 한 아름의 악기를 들고 태극기 휘날리며 입성합니다.

우리 일행이 제일 먼저 찾아간 곳은 조국의 독립을 위해 가슴에 도시락 폭탄을 품고 일본 대장을 향해 힘차게 던진 우리의 윤봉길 의사의 거사 장소, 상해 홍구공원.

▶ 중국 상해공항에서

아! 차마 흉상에 새겨진 님의 얼굴을 마주할 염치가 없어 우리 일행은 그저 미안하다고 고개만 숙였습니다.

의사님의 흉상 앞에서 우리는 묵념을 하였고, 규정상 일본 관광객이 주위에 있어 애국가 부르는 것은 곤란하다는 공원 관계자를 힘들게 설득하여 힘차게 애국가를 불렀습니다.

그가 수류탄 투척 후 애국가를 부르며 일본 헌병에게 끌려가는 슬픈 모습을 기억하면서…. 오후 시간, 한국 문화원에서의 광복 70주년 기념 연주회.

공연 3시간 전에 전석이 매진되어 인터넷으로 추첨을 통해 입장했다는 관계자의 말에 우리는 놀랐습니다.

관객 거의가 중국인인 그들 앞에서 우리 약대교회 부천 청소년 오케스트라 단원들은 힘차게 독립운동가를 연주했고, 아리랑을 연주했습니다.

쿵 쿵 쿵!

심장이 벌렁이며 가슴에 무언가가 치밀어 오고, 주르륵 눈시울이 붉어졌습니다.

이 나이 어린 녀석들이 어른들이 못다 이룬 천년의 한을 풀어주는 것 같았고, 어른들이 못나 그 서럽고 질기게 이어온 패자의 아픔을 끊어주는 것 같았습니다.

황량한 만주 벌판에서 모질게 살아온 간도의 조선인들.

왕의 아들을 늘 볼모로 대국에 잡혀 있었던 서러운 조선의 왕.

왕이 적국의 장수 앞에 아홉 번을 엎드리며 머리를 박았던 삼전도의 쓰라린 굴욕.

몽골과 한 나라의 침략·약탈과 간음으로 차마 여자이기를 거부했던 우리의 어머니와 누나. 명나라와 청나라가 이름을 바꿔가며 조선을 호령했던 슬픈 기억.

아픈 역사의 사진첩을 한 장 들춰내면 또 있지요. 가까이는 6·25 사변 때 수만 명의 중공군과 1·4 후퇴, 그리고 지금도 이어지는 이산가족의 고통.

바이올린의 선을 타고 감미롭게 울려 퍼지는 아리랑의 선율. 끊어질 듯하면서도 다시 되살아 오르는 첼로의 애절한 음색.

나라 잃은 설움에 만주벌판 그 추운 광야에서 조국을 위해 한 목숨을 초개와 같이 불살랐던 대한의 독립군처럼 씩씩하고 비장하게 우리는 연주를 했습니다.

"나가자, 대한의 용사여! 조국을 다시 찾을 때까지…" 하면서.

마지막으로 싸이의 강남스타일이 연주되자, 관객 몇 분은 자리에 일어나 말 춤을 추기도 하며 우리는 그들과 한몸이 되었습니다. 힘찬 박수와 환호 속에 아름다운 상해의 여름밤은 무르익어 갔습니다.

잘했습니다! 우리 부천 청소년 오케스트라 단원들, 그리고 중국 상해에서 우리의 성공적인 공연을 위해 정말 열성을 다해 수고해주신 한국 문화원 원장님 이하 관계자분들, 고맙고 고맙습니다.

오늘 공연을 마치고 얼굴이 충혈된 열두 살짜리 소년 준모을 나는 보았습니다.

오늘 공연을 마치고 그 벅찬 감회에 벽에 기대어 울고 있는 열다섯짜리 소녀 예은이를 나는 보았습니다.

▶ 광복 70주년 기념 연주단을 이끌고 상해에서

그렇게 온종일 조잘거리며 그렇게 종일 휴대폰 게임에 심취하던 말썽꾸러기 애들도, 자신도 이 연주 반응에 놀란 표정으로 모두 고개를 숙인 채 감격해 하였습니다.

그래! 열 살짜리 이놈들은 그저 달라는 것은 무조건 다 해주는 극성스런 엄마 덕에 그냥 취미거리로 악기나 배우고, 참을 줄도 모르고, 양보 정신도 없으며, 더불어 자기밖에 모르는 걱정스러운 대한민국 10대들로 생각했는데, 나는 이번 50명의 이 연주단을 이끌고 오면서 많은 것을 배우고, 많은 것을 느끼게 하는 이들이 어른 위의 어린이였음을 인정합니다.

▶ 한국문화원에서 연주

그들의 감동과 여운이 희망이라는 끈으로 이어져 이 나라를 이끄는 동아줄이 되었으면 하는 바람입니다.

내 사랑하는 아들, 내 사랑하는 딸, 정말 잘했다. 상해의 밤하늘에 이들 대한민국 청소년들의 기운이 저 불빛 찬란하고 드높은 동방 명주의 야경보다 더 높게, 더 힘차고 더 아름답게 솟아오르고 있었습니다.

- 2015년 7월 26일 상해에서….

제주도와 테스 형

우연한 기회에 탐라 왕국 제주에서 3개월 동안 살수 있는 행운이 생겼습니다.

코로나19로 인해 온 나라가 흰색과 검은색 두 종류의 마스크를 꽁꽁 동여매고 어디 공기 좋고 한적한 곳으로 피난 가기 소원인 이 땅에서 이런 귀한 기회가 나에게 찾아왔습니다.

제주도!

삼국시대 이전부터 탐라국이라는 독립국으로 지내다가 고려 희종(1211년)에 제주로 개명되어 온 우리나라 최남단의 아름다운 땅.

고려 때 원나라의 침공으로 땅을 빼앗긴 적도 있으며, 일본 강점기에는 태평양의 병참기지로, 일본 침공을 막아주는 방패로 지내다가 해방 후 1947년 좌우익 대립에서 무고한 도민이 학살당한 4·3

사건을 거치며 파란만장하게 살아온 땅 제주.

1946년 자치도로 분리되어 행정구역은 2개의 시(제주시, 서귀포시)와 7개의 읍, 그리고 5개의 면으로 인구가 67만 명, 8개의 섬과 55개의 무인도로 자리 잡은 우리나라 보물인 섬.

제주 한가운데는 남한의 최고봉인 한라산(1,950m)과 백록담이 자리 잡고 있고, 그 한라산에는 온갖 희귀 생물과 야생화가 만발하여 세계적인 관광지로 자리 잡은 곳.

어디 그뿐인가!

남쪽으로는 마라도와 성산 일출봉이 그 거대한 자태를 뽐내고 있고, 동쪽으로는 수억 년 전의 신비의 만장굴이 있으며, 서쪽 한림에는 평야 가운데 등등한 새별오름이 그 위용을 뽐내며, 북쪽으로는 바다 가운데 불쑥 일어난 용두암이 자리 잡아 어디를 둘러 봐도 아름답고 깨끗한 섬.

제주에서 가까운 일본 땅 대마도와 오키나와도 다녀왔지만, 그 척박한 땅과는 풍광과 그 품격이 전혀 다른 우리 땅 제주.

몇 년 전 부도난 휴짓조각의 어음 종이를 주머니에 쑤셔 놓고, 배낭에는 막걸리 두 병을 담아 한라산을 미친 듯 뛰어오르며 그 억울함과 괴로움을 털어버렸던 제주의 한라산.

우리 부부가 10시간의 산행 끝에 한라산을 등정했던 그 벅찬 기억들, 그로 인해 아내는 무릎 인대가 나가 몇 개월을 고생했지만….

어느 해에는 우리 교회 해병 전우회 후배들과 그 눈 덮인 한라산을 깡으로 기어오르며 사투를 벌였던 그 당당하고 멋진 내 가슴속의 산.

이런 한라산이 있는 섬에서 3개월 살아보기란 나에겐 너무 큰 축복이고 행운이었습니다.

직업 관계로 여기서 3개월 계속 살기도 힘든 일이고, 생각 끝에 우리 교회 교역자 열 분에게 일주일씩 제주 살기를 제안했습니다. 코로나로 해외여행도 막힌 상태에서 제주도 일주일 살아보기란 그분들에게도 큰 기쁨이었습니다.

가을의 오후!

제주 애월의 바닷속으로 밀려들어 가는 태양을 바라보며 노래를 듣습니다.

나훈아의 신곡 테스 형!

트롯트는 노랫말이 전부 진부하여 사랑하고 헤어지고,

그리고 마음 아프고 하여 별로 큰 점수를 안 주었는데,

한데 이번에 발표한 나훈아의 이 곡은

몇 번을 들어도 무언가 가슴에 묵직한 큰 숙제와

동시에 그것을 지울 수 있는 깨끗한 답을 함께 들려주는 고도로

격이 있는 노래 같았습니다.

소크라테스를 테스 형이라고 부르는 그의 당당한 자유로움,

그는 노래에서 테스 형에게 이렇게 말합니다.

"너 자신을 알라."며

툭 던진 형의 한 마디에 너무 많은 삶의 무게를 지고 있다는,

그러면서 먼저 간 그곳은 어떠냐며 천국은 있느냐고?

▶ 제주 플레이 그라운드에서 함께했던 우리 교회 교역자님
(송규의 담임 목사님 부부, 안중회, 정상섭, 서요한 목사님, 김신재, 김신숙, 안미혜, 조연준,
김성율, 장영분 전도사님)

애절하게 반문하는 노 가수 나훈아.

아버지 산소에 핀 꽃 한 송이를 바라보며 거기서 인생의 한 수를

배우는 그는 정말 멋지게 늙어 가는 나이 든 소년이었습니다.

이다음 천국에서 여기 애월 제주 플레이그라운드 리조트

한 방, 한 이불, 한 수저를 함께 했던 우리 교회 열 분의

목사님, 전도사님들이 정말 함께 다 모였으면 하는 바람입니다.

여기 묵으며 그 무서운 태풍을 만 난 분도 계실 거고,

한라산을 오르며 그 힘든 걸음에 숨을 헐떡이던 분.

바닷가에서 온종일 수영으로 일상의 피로를 푼 분.

해안가에서 낚싯대를 드리며 콧노래 부르며 찬양하신 분.

갈치구이와 흑 돼지를 먹으며 그 맛에 취하신 분.

리조트 베란다에서 제주 바다를 바라보며 기도 제목을 펼쳐 놓으

며 주님께 기도하신 분.

그리고 인생의 아름다운 꿈을 설계하신 분.

아! 여기까지 이렇게 도우신 하나님.

앞으로 남은 인생 정말 건방지지 않게 주님 순종하며,

교회 사랑하며, 가족에게 헌신하며, 주신 사명 잘 감당하는,

정직한 사람이 되겠습니다.

테스 형!

너 자신을 알라고 툭 던지신 한마디 가슴에 잘 새기며

겸손하게 살겠습니다.

고맙습니다. 테스 형!

2부
눈물의 떡

눈물의 떡

몇 년 동안 간암으로 고생하시는 우리 교회 여자 권사님이 한 분 계십니다. 너무 착하고 믿음이 좋은 분이라, '왜 저런 분이 저런 병에 걸리지?' 하고 그를 아는 사람들은 한 번쯤은 고개를 갸우뚱할 정도로 좋은 권사님이셨습니다.

10년 전 남편을 교통사고로 잃고 그 받은 보상금으로 육군 5사단 임마누엘 교회를 봉헌하신 권사님.

그리고 암으로 판정받고 교회의 모든 기도로 빚진 자들을 위해 감사의 떡을 만들어 전 교인(1,000명)에게 돌려 모두를 울게 하신 권사님, 그 권사님이 병환이 위독하다고 하여 어제 아내와 분당 서울대병원으로 찾아갔습니다.

항암 치료도 할 수 없을 정도로 위독하여 이젠 주렁주렁 달려있던 주삿바늘도 모두 치우고 성경책과 기도로 천국을 준비하신다는 권사님,

그 아프던 항암 주사가 오히려 그립다며, 의사 선생님께서 이젠 병원에서 더는 치료 방법이 없다는 말에 너무 서러워 밤새 울었다는 권사님,

대한민국 서울대병원에서 포기했으니 이제 갈 곳은 오직 천국 한 곳이라며 눈물을 흘리시는 권사님.

"어제가 환갑이었어요, 살 만큼도 살았지." 하시며 자식과도, 목사님과도 이별 인사를 나누었고, 그래서 이젠 편안하다는….

나는 의식적으로 "권사님, 하나님은 죽은 나사로도 살리셨고 문둥병자도 고치셨는데 천국이 웬 말이세요? 하나님이 꼭 일으켜 세우실 겁니다." 하고 힘없는 소리로 허공을 맴도는, 값없는 말만 뱉어냅니다.

권사님은 내 손을 잡으며 "아니 이 권사! 나 천국 가는 것 바라지 않아? 암 판정받고 이 정도 기간 산 것도 주님의 은혜인데 뭘 더 바래? 그냥 편안히 가라고 기도해 줘. 우리 거기 천국에서 이다음 볼 거잖아." 순간 가슴이 뜨끔했습니다. 편안히 가시라고 기도해줄 자신과 솔직히 천국에서 만나볼 자신이 없기 때문이었습니다.

그래서 또 그냥 하는 얘기로 한마디 했습니다. "권사님, 인생은 9회 말 투아웃부터랍니다. 하나님이 어떤 섭리가 있으신지 우린 모르는 것이니까 속단하지 마시고 끝까지 힘내세요."

그러나 그 말은 힘이 없었고 내 손을 꼭 잡은 권사님은 연신 그 좋은 천국에서 만나보자며, 너무 바쁜 사람들 오래 잡아두는 것도 죄라며 가서 일들 보라고 하셨습니다.

병원에서 나오는데 왜 그리 허전한지, 만약 내가 권사님 입장에서 그 자리에 있다면 내 모습은 어떨까? 가슴 저 밑바닥에서 쿵쿵 무언가 뛰는 소리가 들렸습니다. 모르긴 몰라도 살려달라고 매일 밤 엉엉 울었을 것이며, 나는 누가 오면 천국 간다는 말 그렇게 힘있게 못 했을 것 같습니다. 솔직히 천국, 소나 돼지나 옻이나 걸이나 아무나 가진 못할 겁니다.

주를 시인하여 부르짖는 자마다 천국은 저희 것이라고 했는데, 발과 손과 마음이 다 따로인 상태에서 입으로만 시인한다면 천국에는 입만 가겠지요.

병실에서 나오며 삼만 원을 머리맡에 놓으며 "약소합니다." 했더니, 내가 무슨 돈이 필요 있느냐며 모든 것을 기증하고, 모든 것을 버리고, 남은 모든 것을 주님께 바치고 가는데, 도로 가지고 가라는 말씀에 할 말을 잃었습니다.

그리고 몇 시간 뒤, 나는 우리 교회 성도님들과 고기를 먹습니다. 그리고 후식으로 팥빙수를 하나 더 먹고, 내일 예배 끝나고 포도밭에 갈, 신 나는 계획을 세우고 있습니다.

그 권사님 이젠 끝난 거 같다며 아무런 표정도, 느낌도 없이 우리 교인들 모두가 다 아는 그런 일입니다. 그 권사님 얘기에 조금은 숙연해졌지만, 그것은 아주 잠깐이었습니다. 오히려 그 숙연함을 메우기 위해 더 큰 소리로 깔깔거리고 더 큰 동작으로 팔을 저으며 내일의 포도밭 약도를 외우고, 또 외우고 있습니다.

이런 돈이 판치는 세상 한쪽에서 우리의 이정희 권사님이 가쁜 숨을 몰아쉬며 천국을 예비하고 계십니다. 세상 사람들이 그렇게 호시탐탐 노리던 삼만 원의 돈을 한사코 거절하시며….

권사님의 병문안으로 한 발 더 믿음의 문으로 들어갑니다.
권사님, 우리 내일 포도밭에 가서 포도는 먹되, 농부의 고마움과 하나님이 주신 양식을 거룩한 마음으로 접하겠습니다.

나도 먼 훗날 몸이 쇠해져 인생의 끝자락에 오면 권사님처럼 내 교회, 사랑하는 가족과 성도님들에게 천국에서 만나보자고 당당하게 말하고 싶습니다.

- 2007. 9. 2. 선선한 가을에…
- 2018년 『동행』 5월호

▶ 월간지 『동행』

오케스트라 단장

가끔, 공원을 거닐다 보면 공원 벤치에서 색소폰을 멋지게 부는 사람을 만나곤 합니다. 언감생심 사람이 좋은 것 보면 탐난다고, 정말 전혀 나에게 어울리지 않는 생각이 내 머리를 휘감아 돕니다.

성질이 풍산개처럼 급하고 질긴 나는 분수를 망각한 채 꿈 같은 도전을 시작해보기로 마음을 먹습니다. 그리하여 나도 한번 우리 교회 성가대 앞에서 그 멋있는 악기를 불어보고 싶었습니다. '빰빠라 빠빠' 하며.

성질이 급한 나는 바로 다음 날 종로 세운상가 악기점으로 달려갑니다. 황금색 나는 미끈하게 빠진 트럼펫 하나를 집어듭니다. 약삭빠르게 생긴 사장이 다가오며 웃습니다.

"와! 선생님 테너 고르시는 것 보니 부럽네요. 그게 독일제예요. 미제보다 더 부드럽다는데 한 번 부시고 평 좀 해주세요! 악기를 팔면서도 저는 악기도 잘 못 부는 사람입니다." 하며 사장님은 괜히 머리를 긁습니다.

물론, 사장님 말씀이 나를 띄어주기 위한 거짓이라는 것을 훤히 압니다. 속으로 이놈 봐라 하며 트럼펫을 멋있게 집어들고 얼굴이 붉어지도록 힘을 주며 불었습니다. 하지만 녀석은 나의 부름에 꿈쩍하지를 않았습니다. 나의 엉뚱한 배짱을 비웃는 듯이….

자동차도 처음 시동은 잘 안 걸리듯 처음이라 그런가 하고, 다시 목을 두어 번 비틀고 혓바닥을 반쯤 꼰 다음 목에 핏대를 세우며 귀가 멍하도록 불었습니다.

아! 힘을 주니 소리가 나오긴 나왔습니다. 하나 그 소리는 뿡 하는 내 엉덩이의 고약한 방귀 소리와 내 막힌 콧구멍이 뻥 뚫어지는 소리일 뿐, 정말 트럼펫의 음색은 아니었습니다. 마치 축구 경기에서 자살골을 넣은 뒤 감독에게 호되게 핀잔을 듣고 교체를 당하는 선수처럼, 나는 고개를 푹 숙이고 인사도 못한 채 웃음 가득한 사장님이 정말 실망스럽게 쳐다보는 그 불편한 눈빛을 받으며, 이상한 악기점과 기약 없는 이별을 하고 말았습니다.

그러나 결코 이 청계천 세운상가 악기점에서 철수한다는 것은 내 자존심이 허락하지 않아 다른 악기점을 찾아갔습니다. 이번엔 코끼리처럼 생긴 긴 악기를 집어들었습니다. 그리고 이번엔 악기를 불지 않기로 했습니다. 왜냐면 불어봤자 역시 이 악기도 대답하지 않을 거라는 것을 트럼펫을 통해서 알았기 때문입니다.

그리고 그 80만 원에서 일 원도 안 깎고 그 악기를 샀습니다. 이름하여 트 럼 본.

악기값을 안 깎은 이유는 이것의 시중 가격이 팔만 원인지 팔백만 원인지 내가 알 턱이 없고, 그래도 '이 악기가 하나님께 영광 돌릴 악기인데 어찌 돈으로 계산하랴!' 하는 내 눈물 나는 신앙심이 밑바탕에 있었기 때문입니다.

우리 아파트 3층, '쿵쿵 빵빵 붕붕', 나의 박자 안 맞는 트롬본 소리가 아파트를 감싸고 돕니다. 그때 처음으로 4층 아저씨의 술 취한 모습을 보았습니다. 평소 점잖게 보여 전도하려던 내 꿈도 아저씨의 그 한마디로 수정하고 말았습니다. 그가 던진 짧은 한 마디 "3층 사람 점잖은 줄 알았는데 이상하게 미쳤구먼!"

악기 연습 3일째, 2층 아줌마의 앙칼진 목소리가 현관 너머로 들려옵니다. "아니, 애도 아니고 어른이 이게 뭡니까? 3층 아저씨, 내 웃으며 말씀드리는데 오늘까지만 그 소리 내세요."

그리고 결정적으로 1층 할머니의 한방에 나는 무너져 내 불쌍한 악기는 아파트에서 퇴출을 당했습니다.

"아니, 3층에서 굿 하나? 왜 이리 꽹과리 두드리는 소리가 나?" 노크도 없이 들이닥친 할머니는 내 코보다 열 배나 긴 내 트롬본을 보며 "아이고! 요즘 굿엔 저런 거 쓰나 보지? 아니 3층 양반, 무당 되려고 그러시우? 언제 신 받았수?" 할머니는 묘한 미소를 지으시며 계단을 내려가셨습니다.

아니, 이 고급스럽고 부드러운 서양 악기 트롬본 소리를 꽹과리 두드리는 소리라니….

장소를 교회 지하 기도실로 옮겼습니다. 저녁이면 교회 와서 쿵당거리는데, 내심 별로 안 좋아하시는 사찰 집사님을 얄팍한 권사라는 계급으로 누르고 돈키호테의 발악은 시작되었습니다. '조용히 교회 가서 기도하려 하는데, 저 돈키호테 이 권사 때문에 교회 기도실에 가서 시끄러워 기도도 못 하겠네.' 하는 교인들의 비난을 온몸으로 받으면서도 못 들은 척하며 열심히 불어댔습니다.

음악! 누가 그것을 심심할 때 하는 취미 생활이라고 했는가? 나는 내가 악기를 잡아 불어보고부터 음악의 아버지 바흐를 우리 아버지와 동급으로 격상시켰습니다.

"나리 개나리 입에 따다 물고요…" / "학교 종이 땡땡 어서 모이자…." 뭔 놈의 노래가 이토록 복잡하고 어려운지? 어느 놈이 음악을 그냥 입으로 부르면 되지, 도 레 미 파 솔 하는 복잡한 악보를 만들고, 불고 치고 손으로 잡아당기는 수백 가지 악기를 만들어 사람들을 힘들게 하는지, 아프리카 원주민들은 나무 작대기와 깡통 하나만 있어도 신 나게 밤새 춤을 추던데….

환갑이 된 나이에 초등학교 1학년 음악책을 잡고 씨름하는 동안 한 달, 두 달, 석 달이 구름처럼 가버렸습니다. 그러던 어느 날, 나의 이런 기상천외한 소식은 처가 식구들한테까지 퍼져 처남·처제들이 우르르 격려 차 내 연습실 교회 지하 기도방을 찾아왔습니다.

격려 왔다기보다 서울 대공원에서 탈출했다 잡혀 온 말레이시아산 흑곰 구경 온 것이었지요. 그날도 어김없이 도 레 미 파 솔 라 시 도를 한 시간 불어 제친 뒤 내가 제일 자신 있게 부르는 위대한 주제곡 '나리 개나리'를 땀 흘리며 연주하는데, 뒤에서 '쿵!' 하고 무언가 넘어지는 소리가 들렸습니다. 악기를 불다 말고 무심결에 뒤를 보니 점잖기로 소문난 처남댁이 뒤로 벌렁 넘어졌습니다.

처남댁이 넘어져서까지 배를 잡고 웃는데 '와', 이 상황을 어찌 해석해야 좋을지. 처남댁은 40년 살면서 웃은 것 다 합해도 오늘 것만 못하다며, 땀을 비 오듯 흘리며 웃었습니다.

그래! 역시 독학은 힘들고 한계가 있어. 과외도 안 받고 서울대 합격하고 혼자 독학하고 검사 됐다고? 웃기지 마라, 요즘 그거 다 거짓말이다.

이대로 가다가는 70 전에 '산토끼 토끼야'도 못 부를 것 같은 생각에 그날부터 스승을 구하려고 백방으로 뛰며 길거리 신문 '벼룩시장·로터리'에까지 광고를 내었지만, 트롬본 스승은 군대 군악대나 가야 있다는 말에 낙담했습니다. 군대 군악대에서 휴가 온 놈 납치하여 나 좀 가르쳐 줘, 할 수도 없고, 이 나이에 군대 입대하여 군악대 갈 수도 없고….

낙담에 낙담하며 고심하던 중 두드리면 열린다고 했던가? 부천공고에 관악부가 있으며, 그곳에 가면 트롬본 부는 애들 만날 수 있다는 소식에 부천공고 관악부 문을 두드렸습니다. 역시 공고는 머리 짜는 공부보다 망치 두드리고, 시간 나면 악기 부는 딴따라들이 많았습니다. 나는 우리 아들이 부천공고 출신이라는 것도 곁들여 선생님을 찾아가기로 했습니다.

관악부 지휘자 선생님은 내 끈질긴 부탁에 감동하셨는지, 아니면 너무 측은해 보였는지 다음 날 까까머리 사부(?) 한 분을 소개해 주셨습니다. 어린 나이에 얼마나 담배를 자주 피웠는지 온몸에 니코틴 냄새가 밴 꼬마 고2 녀석이 사부라고 왔습니다. 참으로 못배운 게 한이라고, 나는 녀석에게 '야, 인마! 어린놈이 담배 좀 그만 피워라!' 하는 말이 목구멍까지 나왔지만 나는 고개를 숙였습니다.

사부는 세상 오래 살다 별일 다 본다는 듯, "아씨! 아씨가 알고 있는 곡 아는 대로 불어 봐요." 하며 다리를 꼬며 의자에 앉아 날 노려보았습니다. 나는 6개월 독학한 특별 전천후 메들리 「나리」와 이어 접속곡 「학교 종」을 힘차게 불었습니다. 얼마나 떨렸는지 해병대 시절 공수 낙하산 탈 때보다 더 덜덜 다리가 후들거렸습니다.

역시 고수 선생은 달랐습니다. 우리 처남댁은 내 악기 소리를 듣고 뒤로 넘어져 얼굴이 파래지도록 까르르 웃었는데 우리 고수는 침묵했습니다. 나의 가능성을 본 것 같았습니다.

그리고 한마디. "자, 아씨! 대성할 기미가 보이니까 우리 열심히 한번 해 봅시다." 역시 칭찬은 사람을 즐겁게 합니다. 신이 났습니다. 사업과 가정은 두 번째입니다. 트롬본 마우스피스를 주머니 속에 들고 다니며 픽픽 픽픽 밤낮으로 불어 젖혔습니다.

그렇게 트롬본에 미치는 동안 드디어 레퍼토리가 '나리 나리'에서 '비 오면 그 집 앞을' 하는 중학교 음악책 넘보는 기적 같은 수준까지 왔습니다.

그간 제자를 잘 만난 덕에 사부님은 담배를 좀 줄이신 것(?) 같고 공부도 좀 하는 것 같아 내 마음도 여간 기쁘지 않았습니다. 내 실력은 이제 '그 집 앞'을 지나 '로렐라이 언덕'에 이르렀고, 이내 '일송정 푸른솔'로 만주벌판을 힘차게 달리고 있었습니다.

소문이 소문을 낳았습니다. 그간 내 모습을 묵묵히 지켜보시던 목사님의 짧은 명령이 하달되었습니다. "이 권사! 오케스트라 조직해. 대한민국 교회에서 최고로 잘하는…." 하나 오케스트라 조직이 명령 하나로 다 된다면 세상 어려운 일이 어디 있겠는가?

어렵사리 지휘자 선생님을 모시고 사부를 비롯한 공고 밴드부를 포섭하기로 했습니다. 용돈도 주고, 맛있는 빵도 사주고, 고기도 사주었지만, 역시 종교 선택은 쉬운 일이 아니었습니다. 고심과 고심 끝에 미인계를 쓰기로 했습니다. 우리 교회 바이올린, 첼로, 플롯하는 예쁜 애들과 함께 연습하는 시간을 만들었습니다.

역시 물고기 잡는 데는 밑밥이 좋아야 합니다. 교회 여학생들이

▶ 부천 청소년 오케스트라

예쁘다는 소문에 공고 밴드부에서 구름처럼 몰려옵니다. 트롬본 부는 녀석 두 명, 트럼펫 부는 녀석 셋, 호른 부는 녀석 둘, 플룻 부는 녀석 두 명, 코끼리만 한 튜바를 부는 녀석, 밴드부의 악장까지 우르르 몰려와 오케스트라가 차고 넘칩니다.

내심 기뻤고, 내심 걱정을 했습니다.

'이러다 녀석들이 떠나면 어쩌나?' 하고. 하나 그것은 내 믿음 약한 기우이고, 하나님의 섭리가 있어 사부를 포함한 녀석들에게 하나님의 믿음이 더해지니, 풍성한 은혜로 웃음이 넘치는 믿음 생활의 시작이었습니다.

그 후 우리 약대교회 '필 그림' 오케스트라는 부천 최고의 시민회관 대강당에까지 서는 영광을 누리게 되었고, 영광스럽게 나는 오케스트라 단장이 되어 봉사하고 있습니다. 오케스트라 덕분에 교회의 부흥에 한몫하니 이 영광과 기쁨 비할 수 없습니다.

 2012년 11월 2일 극동방송 「사랑의 뜰 안」 방송

어린아이의 울음

모임에서 유럽으로 여행하는 기회가 있었습니다. 어릴 적이나 어른이 된 지금도 여행은 늘 마음을 들뜨게 합니다.

부천에 살며 가까운 도봉산이나 설악산만 가도 마음이 들떠 밤 잠을 설치기 마련인데, 나에게 유럽 여행이란 너무나 큰 행운이며 선물이었습니다.

사실 비행기도 잠깐 타야 재미도 있고 멋도 있는 것이지, 장장 10시간을 작은 의자에 앉아 거저 주는 밥 먹고, 또 자고 하는 것은 여간 고문이 아니었습니다.

물론 일행이 있어 이런저런 얘기 하며 간다지만, 그것도 한두 시간이요, 성질 급한 나에겐 그냥 비행기에서 문 열고 날개 위에서 좀 쉬었다 오고 싶은 마음이 굴뚝 같았습니다.

더욱 이번 여행에서 짜증이 난 건 간난아이가 인천공항을 이륙할 때부터 울기 시작했는데, 비행기가 서해를 지나 그 넓은 중국을 통과하고, 아시아를 넘어 히말라야 위를 날고 있는데도 계속 칭얼대며 앙앙 울어댄다는 것입니다.

스튜어디스 아가씨가 가서 "아가야!" 하며 방긋방긋 달래도 보고, 비행기 사무장이 가서 자리를 좋은 곳으로 옮겨주고 과자도 주고 했는데도, 아이는 울음을 그칠 줄 모릅니다. 나이 든 부모가 죽도록 울어대는 아이를 달래느라 진땀을 흘립니다.

승객 모두가 쯧쯧 혀를 차며 참으로 이 비행기 재수 없게 탔다는 식으로 표정이 말이 아닙니다. 참으로 아이 울음소리가 저토록 미울 수가 없었고, 승객들도 웅성웅성 '해도 너무 한다'고 혀를 차고 있습니다.

아마 여기가 하늘이 아니고 육지라면 모두 내렸을 겁니다. 먹은 식사가 소화가 안 됩니다. 그 아이의 울음소리를 멀리하기 위하여 비행기 화장실 뒤쪽 조그만 공간에서 서 있는데, 아이의 부모가 아이를 안고 내 곁으로 다가왔습니다.

내가 별로 좋지 않은 표정으로 그를 바라보자 그 아빠는 멋쩍은 듯 고개를 숙이며 이런 말을 했습니다.

"선생님, 이 애 때문에 너무 불편하시죠? 이 아기가 오늘 입양 가는데 자기도 자기가 태어난 나라 떠나는 걸 아는 모양입니다. 어제까지 그렇게 웃던 애가 정말 죽을 것처럼 우네요." 순간 나는 머뭇거렸습니다.

그리고 정말 미안한 마음에 고개를 숙이며 물었다.

"입양이라니요, 부모님 아니세요?"

"네, 저희는 아이를 맡아 키워서 입양해주는 입양부모입니다. 버려진 아이를 3개월 동안 키워 이렇게 유럽으로 보내는데, 정말 이렇게 입양 보내는 날은 애들이 모두 울어댑니다. 저도 키운 정에 울고 싶지만, 맡은 책임이 있어서 저와 제 집사람은 애들을 양부모에게 넘겨주고 돌아오는 비행기에서 밤새 운답니다."

얘기를 듣는 순간 내가 어떤 표정을 지어야 할지, 울고 있는 이 아이를 보며 어떤 말로 울지 말라고 위로해야 할지, 그저 몸 둘 바를 모르고 민망해 허둥대다 다시 자리에 앉았습니다.

'그래, 아가야 울어라! 너를 이렇게 낳아준 너의 부모를 원망하며 울고, 너를 키워주지 못하고, 낯설고 물선 먼 나라 유럽에 너를 팔아넘기는, 말만 번지르르한 대한민국을 욕하며 울어라.'

비행기가 프랑스에 도착한다는, 이제 곧 착륙한다는 안내 방송을 들으며 왠지 힘없는 눈물방울이 뚝뚝 내 무릎에 떨어졌습니다.

어깨동무 친목회

고향에 소꿉친구가 있습니다. 한 동네 아래윗집에서 태어나고 자라, 초·중·고등학교를 한날에 들어가 한날에 졸업한, 흔히 무식하게 말하는 불알친구들이 열 명이 있습니다.

몸뚱이 생김새는 제각각 달라 짜부라진 놈, 길죽한 놈, 옆으로 퍼진 놈, 제각각 민주주의식으로 이 땅에 태어났지만, 한 가지 닮은 공통점이 있으니, 모두 가난한 촌놈이라는 것과 농사꾼의 아들이라는 것, 지독히 공부를 못 했다는 것(대학은 나만 나왔음. 해병대), 다 마누라가 남편보다 났다는 것입니다.

20년 전 이런 열 명의 친구들이 모여 고향 친목회를 조직하게 되었습니다. 태어난 동네 이름을 따서 친목회 이름을 '백석동 친목회'라고 지었는데….

우리 목사님이 감신대 79학번 동기들을 모아 '어깨동무 선교회'를 만들어 어려운 동기들을 후원하는 모습을 감명 깊게 보고, 우리 친목회 이름도 '어깨동무 친목회'로 바꾸게 되었습니다.

우리 모임은 2달에 한 번씩 갖는데 만나면 먹고 마시고 심심하면 여자 얘기하고, 취하면 여자 있는 술집 가고, 그런 보통 남자들의 모임이었는데, 이름을 어깨동무로 바꾸고 새로운 변신을 시작하였습니다.

친구 중, 전신마비 장애로 누워있는 친구가 한 명 있고, 또 간암 말기로 병원에서 퇴원하여 집에서 쉬고 있는 친구가 한 명 있습니다.

이번 모임은 이 친구와 함께하자는 데 의견이 모였습니다. 정월 초하루 전날과 추석 전날 모여 강화로 붕어 잡으러 가는 계획을 세운 겁니다.

두 친구를 데리고 그물과 솥과 양념을 들고 강화 벌판으로 붕붕차를 타고 떠납니다. 미꾸라지·붕어 잡는 법에는 다 한가지씩 재주가 있는 촌놈들이라 걱정이 없습니다.

50년 전!
그 시골 논두렁에서 우리는 매미채를 들고 그렇게 붕붕거리며 뛰

놀고, 그렇게 붕붕거리며 바람개비를 들고 뛰어다녔습니다.

 한 녀석이 물이 흠뻑 괸 논고랑에서 그물로 붕어를 힘차게 걷어
올립니다.

 한 녀석이 흙을 고르며 자리를 만들어 돗자리를 펼칩니다.

 한 녀석이 솥을 올려놓고 쌀을 씻어 밥을 준비합니다.

 한 녀석이 마늘을, 대파를, 감자를, 깻잎을 닦으며 손질을 합니다.

 한 녀석이 복숭아를 포도를 씻으며, 닦으며 조심스레 썰어댑니다.

 한 녀석이 젓가락과 숟가락을 세어보며 그릇을 챙깁니다.

 한 녀석이 잡은 미꾸라지와 붕어에 소금을 뿌리며 조리 준비에
여념이 없습니다.

 한 녀석이 소주와 맥주를 섞어서 한 잔의 고약한 칵테일을 만듭
니다.

 몸이 아픈, 아주 많이 아픈 두 녀석이 친구들이 깔아놓은 멍석에
앉아 눈물을 그렁그렁 떨굽니다.

 올가을 코스모스를 보고 죽고 싶다던 간암 말기의 친구, 한때는
해군 UDT 출신으로 무서움을 모르던 친구가 강화 벌판, 친구들이
깔아놓은 멍석 위에서 친구들이 잡아 끓이는 추어탕의 향기를 맡
으며 꾸역꾸역 눈물을 떨굽니다.

20년 전, 그만 한순간을 못 참고 농약을 마셨던 또 하나의 친구, 그 후유증 때문에 걷지를 못하여 집 밖 외출이 없었던 친구를 우리가 들쳐업고 나와 여기 멍석 위에 앉혔습니다. 녀석도 미안하다며, 고개를 떨구고 흐느낍니다. 못나게 농약을 마셔 가족과 친구들에게 죄를 지어 미안하고, 또 미안하고 미안하다며….

한잔 술에 취한 친구가 소리칩니다.

"야, 이 촌놈들아! 네놈들 울려고 여기 왔어?" 그리고 취한 녀석도 이내 눈시울을 붉힙니다.

강화 논두렁 옆 감나무 그늘에서 열 명의 촌놈들이 앉아 그저 눈물로 범벅된 추어탕을 꾸역꾸역 먹습니다.

해가 서산을 기웃거리며 넘어가는데 뭔 놈의 노을이 이토록 아름다운지, 강화 마니산 뒷자락 서해에 온통 붉은 물결이 넘실댑니다.

 2016년 「양희은·서경석의 여성시대」 방송

故 조용덕 권사님께

철공소 수준의 작은 회사도 명절을 앞두고 한창 바쁜 시기입니다. 지방에서 하는 공사라 그곳 현장에서 숙식하며 지내는데, 오늘따라 마음도 몸도 찝찝하여 뒤숭숭하던 차에 한 통의 문자가 왔습니다.

"조용덕 권사님 소천…."

그리고 선교회 회장님한테 전화가 왔습니다. 오늘 저녁 우리 8남 선교회 문상 가며 장례 운구를 우리 선교회에서 하기로 했다고.

조용덕 권사님!

항상 조용하시고 우리 선교회에서 내가 열 마디 하는 것보다 그 권사님이 한마디 하시면 그게 더 무게가 있고 실속이 있는 아주 점잖은 권사님, 아직은 더 살 나이이고 아직은 더 할 일이 많으신 나이인데, 참으로 허망하고 슬프게 이 땅을 떠나셨습니다.

언젠가 문병 갔을 때 권사님이 씩 웃으며 하신 말, "이 권사가 날 위해 매일 기도한다 했으니 나 금방 나을 거야." 그분이야 씩 웃으며 지나가는 말로 했지만, 사실 나는 얼마나 부끄러웠는지….

기도야 하지요. 밥 먹을 때 고맙다고 하고, 잠잘 때 잘 자게 해달라고 하고, 아플 때 낫게 해달라고 하고, 심지어 고속도로에 차가 막혀도 길이 뻥 뚫리게 도와달라고 주님께 기도하지요.

그런데 제 기도는 아직 절박하지 않아서 그런지 기도에 힘이 없어요. 마치 1달러짜리 팁을 호텔 베개 밑에 놓아두듯 아무 데서나 막 뿌리고 다녀요.

그냥 대충, 처음에 아버지 하나님 자 크게 하고, 나중에 아멘 자 크게 하고, 솔직히 내 기도를 녹음해 놓고 내가 들어봐도 가관일 겁니다. 사실 그때 권사님이 아프실 때 내가 좀 더 진심으로 좀 더 간절하게 기도했으면 하는 마음이 가슴 저 밑바닥에서 밀려오는 밤입니다. 오늘 장례식 날 우리 선교회 회원들이 운구했을 텐데, 나는 바쁘다는 이유로 어제저녁 장례식장에서 얼굴도장만 슬쩍 찍고 슬그머니 다시 일터로 왔습니다.

참으로, 참으로 야비하고 치사한 것이 인간이며 먹고 사는 일인가 봅니다. 몇 푼의 돈을 벌기 위해 친구의 마지막 길을 배웅도 못하고, 이래서 세상에 믿을 놈 없다는 얘기가 나오고, 정승이 죽으면 안 가도 정승 집 개가 죽으면 간다는 말 틀린 거 아닌가 봅니다.

조용덕 권사님! 미안합니다.

이다음 천국에서 권사님이 "이 권사 아무리 바빠도 그럴 수 있어?" 하고 혼내주시면 한잔 사겠습니다. 물론, 천국에도 권사님이 좋아하시는 '처음처럼'이 있는 줄 모르겠지만….

내 해병대 후배 권사님의 외아들 훈이를 봐서라도 회사 일 젖혀두고 장지로 갔어야 하는데 죄송합니다.

그래서 그 속죄의 뜻으로 긴 조문의 글을 교회 홈페이지에 올립니다. 어제 장례식장 분위기를 보니 평소 권사님의 대인관계와 인품이 남다르셔서 많은 분이 모여 전부 권사님의 서거를 애도하던데, 이 모두가 권사님의 믿음과 덕이 쌓여서 된 일이라 여겨집니다.

권사님! 여기 이 땅에 남은 권사님의 사랑하는 아내 임응순 권사님과 딸 정아, 그리고 훈이, 모두 하나님이 책임져 주시리라 믿으시고, 권사님이 못다 누리신 몫까지 권사님이 주고 가신 거라 믿으시고 천국에서 편히 쉬십시오.

　그리고 훈이 녀석은 내 아들처럼 힘들고 어려울 때 껴안아주고 그렇게 그렇게 좋은 사이로 지내겠습니다.

　권사님! 그럼 천국에서 뵙기로 하고 편히 쉬세요.

라이언 일병 *구하기*

"아버님, 저 결혼합니다. 제 결혼에 아버님이 주례 좀 해 주세요."

나는 픽 웃으며 "이놈아, 세상에 성공한 사람이 부지기수인데 왜 나 같은 시시한 사람한테 그걸 부탁해. 더군다나 한국은행 회관에서 예식한다는데 격 떨어지게."

김덕수 녀석과의 인연은 참 묘했습니다.

2006년 한여름의 일입니다.

나는 그때 우리 해병대 동기회 총무로 있었습니다. 연말 선물로 동기들에게 나누어 줄 캘린더를 구하기 위해 이리저리 알아보던 중 경기도 발안 근처를 지나게 되었고,

문득 발안에 있는 해병대 사령부 PX에 가면 멋진 해병대 캘린더

를 구할 수 있겠다는 생각이 스쳐 핸들을 사령부로 돌렸습니다.

나는 군대 시절 강화 교동 앞, 말도라는 작은 섬 땅굴 참호 속 최전방 소대에서만 근무를 해 이런 으리으리한 사령부는 와 본 적도 없고 해서 그 엄청난 규모에 한참 망설이다 '그래, 전역한 지 30년이 넘고, 한 번 해병은 영원한 해병이라는데 여기 들어간다고 누가 잡아먹겠냐?' 하는 마음으로 정문으로 차를 몰았습니다.

그때 처음 만난 사람이 사령부 정문을 지키는 헌병 김덕수였습니다. 녀석은 나에게 오더니 삐딱한 경례를 붙이고는 용건을 묻습니다.

"무슨 일로 오셨습니까?" 나는 쭈볏거리다 "내가 해병대 263기 동기회 총무인데 캘린더 좀 살려구."

내 말이 끝나기도 전에 녀석은 "나는 263기 동기회 그런 거 모르구요. 차 저리로 빼세요. 등록 안 된 차는 못 들어갑니다."

녀석은 나에게 선배 대접은 아랑곳없이 호루라기를 '휙 휙' 불어가며

"뒤차 오니까 차 얼른 빼세요!" 하며 소리를 지릅니다.

그러나 어쩌랴! 애써 거기까지 갔으니 그냥 올 수가 없어 PX로 갔더니 어라? 거기서 근무하는 놈은 더 기가 찹니다.

"아저씨, 그런 거 사려면 남대문 시장에 가셔야지. 여기는 그런 거 없어요." 하며 아주 측은한 듯 바라보는 눈빛에 기분이 확 잡쳤습니다.

녀석의 눈빛은 '아니, 이 아저씨는 제대해서 먹고살 궁리나 하지, 무슨 동기회다 해 가지구 늙어서까지 해병대를 팔아먹구 사누.' 하는 아주 비꼬는 듯한 태도였습니다.

캘린더고 뭐고 기분이 '확' 잡쳐 한가득 욕설을 뱉고 집으로 향했습니다.

이런 쫄따구들 기압이 쭉 빠져 가지고….

분이 풀리지 않았습니다. 아니, 내 군대 시절엔 휴가 나와 선배만 보아도 부동자세로 경례를 하고, 선배는 곧 자랑스러운 해병대의 전통이라고 귀에 못이 박이도록 배우며 지냈는데.

'뭐, 나는 동기회 그런 거 모른다고? 그런 거는 남대문 시장이나 가서 찾아보지 여긴 왜 왔냐구?' 그날 저녁 우리 동기회 홈페이지에 오늘 내가 겪은 수모스럽고 창피한 일을 올렸더니 동기들이 난리가 났습니다.

저런 놈들이 해병대 후배라니 기가 차다는 등.

저놈들 사령부에서 빠다만 먹고 지내서 우리처럼 도루묵 뼈다귀만 먹고 군 생활한 선배들의 그 고충을 알기나 하느냐며, 온통 홈페이지에 욕설이 난무했습니다.

당장 사령부로 쳐들어가 헌병대와 PX를 폭파시킬 것 같은 울분에 찬 분위기였습니다.

그러던 중 며칠이 지난 후 한 통의 전화가 왔습니다.

사령부 헌병대 수사과장인데 며칠 전 사령부 정문과 PX에서 이런저런 일이 있었느냐는….

나는 의아해하며 있었다고 얘기하고, 그걸 어떻게 아느냐 물으니 우리 동기 홈피에 올린 내 글을 어느 후배가 사령부 홈피에 퍼올려 그걸 사령관님이 보시고 지금 사령부가 발칵 뒤집혔다는 겁니다.

사령관 특별 지시로 사령부는 물론, 각 예하부대 헌병대에 초비상이 걸려 근무자세 확립 기강 지시가 떨어졌다며,

그러면서 CCTV를 확인해 보니 사실인 것 같으니 수사에 좀 협조해 달라는 것이며,

그 헌병은 오늘 영창에 보내졌다는 것입니다.

아! 좀 화가 났지만 이렇게까지 일을 크게 벌이려고 한 것이 아닌데 정말 일이 아주 꼬여 갔습니다.

▶ 사령부 헌병대 시절

그리고 며칠 후 한 통의 편지가 왔습니다.

"안녕하세요, 아버님. 저는 사령부 헌병 일병 김덕수입니다."라고
시작하여 선배님을 잘 몰라보고 잘못을 저질러 죄송하다는….

어떻게 보면 정문 헌병으로서 자기 임무를 충실이 한 죄밖에 없
었을 텐데 괜히 나 같은 사람 만나 재수 없게 영창 생활하는 거 같
고, 미안하기도 해 사령부 헌병대 대장에게 전화를 걸어 내 잘못도
크니 그만 풀어주라는 탄원을 하였습니다.

그리고 그런 인연으로 녀석은 휴가를 나오면 우리 집에 꼭 들러
인사를 하였고, 아내와 아들하고도 잘 지냈습니다. 부모님이 안 계

신 녀석은 나를 아버지라 부르며 우리 식구처럼 친해졌습니다.

그런 녀석이 불쑥 결혼 주례를 부탁한 것입니다.

어떤 말로 이들의 결혼을 축하해 줄까 망설이다 나는「라이언 일병 구하기」의 존 밀러 대위의 마지막 얘기를 해 주었습니다.

▶ 김덕수 해병, 가족(아내: 이지은, 자녀: 김서아, 로건)

자신은 적탄에 맞아 숨을 거두면서도 라이언 일병을 구하라는 대장의 명령을 지켰다며 웃음 짓는, 그러면서 울부짖는 라이언을 끌어안으며 "너는 잘 살아야 한다"라는 존 밀러 대위의 마지막 명령을 주례사로 대신했습니다.

"김덕수 해병, 아내와 함께 잘살 것을 해병 선배인 내가 마지막으로 명령한다."

그리고 어제 큰애가 돌이 되었고, 작은애를 임신했다는 소식을 전해 왔습니다.

　정말 세상살이는 전부 작은 인연에서 시작되는 거 아닐까요?
　작은 인연도 잘 붙잡고 아름답게 가꾸면 말입니다.
　그날 사령부 정문에서 나는 그런 거 모른다고, 차 빼라고 소리 지르던 덕수가 이렇게 예쁜 가정을 꾸리며 열심히 사는 것을 보니 정말 선배로서 내가 마지막 명령 하나는 제대로 내린 것 같아 이번 작전은 완벽한 승리였음을 확신합니다.

 2020년 4월, MBC 라디오 『남성시대』 방송
2024년 3월, 해병대 신문 연재

울릉도와 소녀

파도야, 파도야

난 어쩌란 말이냐,

님은 뭍같이 까딱 않는데

파도야 난

난 정말 어쩌란 말이냐

- 청마 유치환 -

 울릉도.

내가 아는 것이라고는 하늘을 끼룩거리며 나는 그것이 갈매기라는 것과 가끔 TV에서 보던 항구의 오징어배가 전구 달린 어선이란 것만 알고 있을 뿐입니다.

오징어 잡는 울릉도에서 제일 쉬운 취업은 오징어 잡는 것이었습니다. 경력, 학력, 체력, 이런 거 다 필요 없이 주민등록증 하나를 맡기고 그날로 오징어 배를 탔습니다. 각오는 했지만, 그래도 오징어잡이는 낭만이 있는 줄 알았습니다.

가끔 TV에서 보면 잔잔한 파도 위에 낚시를 던지면 팔뚝만 한 오징어가 먹물을 튀기며 힘차게 뛰어오르고 어부는 콧노래를 부르고, 가끔 그 싱싱한 오징어를 고추장에 듬뿍 발라 맛있게 먹는 어부의 모습은 멋들어졌습니다.

하나 바다 가운데서 파도에 휩쓸리며 밤새 낚싯줄을 당겼다 놓았다 하는 노동은 낭만과는 거리가 먼 고역이고 고문이었습니다. 캄캄한 밤바다 요동치는 파도에 몸은 이리 구르고 저리 구르고, 내가 오징어를 잡는 것이 아니라 오징어가 나를 잡았습니다.

노련한 선원들은 그 파도 속에서도 난간에 매미처럼 붙어서 낚시를 하는, 달인 그 자체였습니다. 처음 3일은 그렇게 그렇게 울릉도 앞바다에 내가 왔다는 신고식 하는 것으로부터 나의 웃기는 어부 생활은 시작되었습니다.

내 삶에서 1980년 '직업 어부'란 이력이 큼지막하게 하나 더 붙었고, 이것은 어쩜 나의 삶에 또 다른 큰 교훈의 시간이었다고 생각합니다.

보름 정도 일을 했을까? 날씨가 우릴 붙잡아 둡니다.
3일에 한 번 태풍주의보요, 5일에 한 번 풍랑주의보가 발령되니 어부들은 바다에도 못 나가고 할 일 없이 모여 온종일 술판이나 벌이고 화투나 치는, 그야말로 열흘 일 한 것 하루에 까먹는 마이너스 인생이었습니다. 그 시절 고기 잡는 어부들은 울릉도 사람들이 아니라, 육지에서 온 사람들이었기에 그들은 전부 하숙을 하고 있었습니다. 그러니 그들이 태풍 불고 비 오는 날은 갈 곳이 없는 것입니다.

정말 비 오는 날이 공치는 날입니다. 나는 술판이나 화투판에 별로 취미가 없어 매일 하숙집 뒷마루에 앉아 중국 무협지나 읽고 있는 울릉도 백수로 지내던 어느 날, 하숙집 주인아줌마가 나를 어떻게 보았는지 "총각! 내가 척 보니 총각은 육지에서 공부 좀 한 사람 같은데 부탁 하나 들어줘!" 하며 나를 잡아끌었습니다. 엉겁결에 무슨 부탁이냐고 물으니, 고 2짜리 딸년이 하나 있는데 그놈 공부 좀 가르쳐달라는 것이었습니다. 내가 비 오는 날이면 무협지나 읽고 남들이 술 먹고 화투 칠 때 연애편지나 쓰는 모습을 하숙집 주인아줌마는 유심히 보며, 무슨 고시준비생이 피치 못할 사정이 있어 잠시 울릉도에 온 가난한 대학생으로 판단하고 계신 듯했습니다.

아! 중학교 졸업한 놈이 고등학교 다니는 놈을 가르친다?

아! 신현배 형이 고등학교 나와 대학생들 논문 써주고 용돈 번다는데 드디어 내가 그 뒤를 밟나 보다. 육지에서는 어림 반 푼 어치도 없고, 아니 걸리면 학력 사기범으로 몰매를 맞을 일이지만, 그때 1980년 울릉도는 가능했습니다.

사실 나는 고등학교는 졸업을 못 했지만, 대학은 막강한 데 나왔거든요. 대한민국 명문 해병대.

내가 이 글을 쓰고 있는데 아내가 내 글을 어떻게 보았는지 당신 중학교 나왔다는 거 빼면 안 되느냐고 얘기합니다. 참으로 머쓱했습니다.

굳이 중학교 졸업이라고 쓸 이유는 없지만, 이것 또한 나의 역사이고 어쩜 나의 양심인데, 내 학력을 빼고 쓰면 뭔가 중요한 것은 숨기고 쓰는 것 같아 아내 말엔 그냥 머리만 끄떡였습니다. 그만큼 대한민국 사회에서는 학력이 이력보다 앞에 붙나 봅니다.

오징어 잡는 뱃놈에서 일약 육지에서 온 귀하신 과외 선생으로 격이 향상되니 변하는 게 한둘이 아녔습니다. 군대에서 대령에서 별 달면 백 가지가 변한다는데, 우선 부르는 호칭이 달라졌습니다.

'어이 총각'에서 '이 선생님'으로 정규직 교사 호칭이 따라붙었고, 열댓 명이 옥신거리며 구부리고 자는 습기 차고 으스스한 방, 비 오는 밤이면 빈대 출몰하고, 달 밝은 밤이면 바퀴벌레가 등장하는 돼지우리 같은 쪽방에서 워커힐처럼 번쩍이는 눈부신 독방이 배정되었습니다.

식사는 한 상에서 같이 먹기 때문에 어쩔 수 없다고 치더라도 공부 가르치는 시간 주인아주머니가 슬쩍 들이미시는 간식의 수준은 울릉도 군수가 먹는 주식이었습니다.

중학교 실력으로 고등학생 어떻게 가르쳤느냐고요? 그거 별거 아니더라고요. 원래 미국 가면 영어 어설피 아는 놈보다 아예 영어 포기하고 몸짓 발짓으로 하는 놈이 더 살아남는다는 얘기 있지 않습니까?

한 번은 한국 관광객이 일본에 갔는데, 일행 중 한 사람이 계속 설사를 하며 여행을 포기할 정도로 아파했답니다. 그래서 일행 중 2명을 약방으로 보내 약을 사오라고 했는데, 한 사람은 대학을 나온 서울 사람이고, 한 사람은 초등학교밖에 못 나온 시골 농사꾼이었답니다. 둘이 각각 서로 다른 약을 사 들고 왔는데, 그래도 먼저 대학 나온 사람 약을 먹어야 설사가 멈출 것 같아 그 약을 먼저 먹었는데, 아이고! 이를 어쩐다? 그 약을 먹고 바로 관광버스 안에서 똥을 쌌다는 거지요.

이유인즉, 설사를 멈추는 약이 아니라 설사약을 사 와서 그 야단을 쳤고, 농사꾼이 사 온 약은 제대로 설사 멈추는 약을 사 왔다는 거죠.

어떻게 일본 말도 모르고 영어도 모르는데 약을 사 왔느냐고 물으니 대답인즉, 약방 약사 앞에서 바지를 벗고 엉덩이를 깐 다음 손가락으로 똥구멍을 막으니 약사가 고개를 돌리며 "오케이, 오케이." 하고 얼른 약을 주더라는 겁니다.

이러니 학벌이 공부 가르치는 거와 무슨 상관있습니까? 더불어 다행인 것은 그 하숙집 딸이 나와 코드가 맞는 문학소녀였습니다.

비가 주룩주룩 내리는 어느 날 오후, 고향 생각도 나고 부모님 생각도 나서 하숙집 뒷마당 감나무 밑에서 막걸리 한 주전자를 옆에 놓고 청승맞게 시 한 수를 읊조렸던 기억이 납니다.

한잔의 술을 마시며
우리는 버지니아 울프의 생애와
목마를 타고 떠난 숙녀의 옷자락을 이야기한다.
목마는 하늘에 있고 방울 소리는 귓전에 철렁거리는데
가을바람 소리는 내 쓰러진 술병 속에서 목메어 운다.

박인환 시인의 「목마와 숙녀」를 줄줄 외웠더니 내 모습을 보고 있던 이 울릉도 하숙집 아줌마, 세상에 이런 멋있는 글 누가 만들었느냐며 시 한 수에 만세를 부르더군요.

　제가 얘기했죠. 저는 문학 외에는 모르는 사람입니다. 학벌도 별로 없고, 하나 내가 할 수 있다면 공부를 왜 해야 하는 것에 대해 가르쳐 주겠다고, 그래도 이런 실력의 저에게 따님을 맡기시려면 맡기시라고요.

　엄마의 명쾌한 결정이 떨어졌고 우리 둘이는 신이 났습니다. 다행인 것은 고 2짜리 혜숙이는 나를 오빠처럼 얼마나 따르던지, 참으로 육지에서는 만나기 힘든 착한 아이였습니다.

　우리는 배낭을 메고 울릉도 성인봉에 올라가 저 멀리 보이는 독

도를 보며, 독도는 우리 땅이라고 힘차게 외쳐도 보고, 도동 앞바다 그 파란 해변에서 숨바꼭질하며 싱싱한 굴도 따 먹어보고, 그러곤 울릉도에 하나 있는 도서관에 우리는 매일 아침 힘차게 출근을 했습니다.

놈의 공부는 종일 소설책을 보는 것이요, 나는 무협지를 종일 보고 돌아가는, 참으로 이상하면서도 웃기는 과외 선생을 3개월 했습니다.

어차피 자기의 최종 학력은 고등학교로 만족한다는 본인과 울릉도에서 고졸은 육지의 대졸과 맞먹는다는 통 큰 엄마의 기준이 있어 크게 입시나 학교 시험과 관계없는 과외였으니, 나에겐 공부에 대한 부담이 없었습니다.

엄마의 바람이 있다면 학교에서 낙제나 하지 말았으면 하는 돈 있는 사람의 자기체면이었습니다.

지금 돌이켜 생각하니 나도 그 시절 무진장 순수했던 것 같았습니다. 고등학교 여학생과 주민등록증 하나 달랑 있는 육지의 총각이 서로 한 방에서 책상 하나를 놓고 쑥덕거리며 3개월을 지냈어도, 이상한 여자와 남자의 관계 같은 어른들이 기이하게 볼 만한 행동을 전혀 하지 않았으니, 어쩜 바보 같은 나의 이런 모습에 나를 믿고 하숙집 아줌마는 자기 딸을 부탁했는지도 모르겠습니다.

  사실 나도 나의 그런 모습이 좋았습니다.

울릉도를 떠나는 날,

엄마의 눈물 나는 목소리가 지금도 쟁쟁합니다.

우리 딸년이 복이 많아 저런 좋은 선생님 만났다고….

- 2017년 문예사조. 이달의 수필가 선정작

▶ 통권397호의 문단 정통 잡지 문예사조

어머니와 시루떡

2007년 11월 15일, 지금 사는 부천 중동 위브로 이사 오고부터 이런 마음을 품었습니다.

우리 동 아파트 사람들과 어릴 적 시골 마을에 살던 우리 동네 사람들처럼 친하게 지내며 살겠다고.

허나 나의 이상은 아파트의 콘크리트벽처럼 그들의 마음을 뚫고 들어가기 힘들었고,

또한 나는 나대로 바쁘고 그들은 그들대로 바빠 그냥 엘리베이터나 복도에서 만나면 형식적으로 '꾸벅' 고개 한번 숙이는 것으로 같은 아파트에 산다는 것을 표시했습니다.

별로 안녕하지 않은데도 서로 "안녕하시죠?" 하며 나는 요즘 이런저런 사정으로 별로 안녕하지 못하다고 서로 말할 사이도 없어요.

그런 답을 주고받기엔 너무 사이가 멀고 어색하거든요. 서로 간섭하는 거 같고.

어떤 사람은 서로 눈이라도 마주칠까 봐 그 좁은 엘리베이터 안에서 서로 등대고 서 있어요.

가끔 외국 나가면 생판 처음 보는 서양 사람한테도 '모닝 모닝' 하며 어색한 발음으로 헤픈 웃음을 남발하며 돌아다녀도 내 땅, 우리 마을 아파트 엘리베이터 안에선 모두가 수상한 사람이고 서로가 경계해야 할 대상입니다.

우리 아파트 102동 8층. 외국인 부부도 사는 것 같고, 젊은 부부도 오가며 애들도 가끔 복도에서 만나는데 나는 전혀 모릅니다.

그들이 몇 호에 어떤 모습으로 사는지? 그들이 진짜 부부인지, 두 번째, 세 번째 부인인지, 남편인지?

아마 북한에서 넘어온 간첩이 살아도 모를 거예요.

그러다 2014년 마지막 오늘, 편지를 쓰고 떡을 사서 예쁜 봉투에 담아 102동 내가 사는 8층 다섯 가정과 위층, 아래층 두 가정 현관 문고리에 조심스럽게 걸어 놓았습니다.

새해에는 서로 인사하고 웃으며 진짜 진짜 친하게 지내고 싶다는 편지와 함께.

이런 마음의 결단을 내리기까지 7년 걸렸습니다.

이 아파트에 7년을 살면서 몇 번의 생각도 해보았지만, 혹여 나의 이런 제안에 '참 할 일 없이 별걸 다 하는, 희한하게 늙은 사람'이란 비웃음이나 받지 않을까 하는 용기 없는 기우였습니다.

이 각박한 사회에서 누가 손을 먼저 내밀어야지 손을 잡지, 결코 내가 먼저 "안녕하세요, 반갑습니다." 하고 인사하기엔 시대가 너무 삭막하고, 너무 멀리 왔습니다.

위층에서 소리가 좀 난다고 칼 들고 올라가 찔러 죽였다는 거 이젠 뉴스도 아닙니다.

사람을 죽이려면 몇 토막쯤을 내 죽여야지 텔레비전에 나오지, 그 정도 칼쯤이야.

오늘, 내 장문의 편지를 받아든 우리 층, 그리고 아래, 위층 그분들 가슴이 얼마나 뛸까?

그들 또한 나와 같은 입장이었을 거고, 그들 또한 용기가 없어 손을 못 내밀었을 뿐이라고 나는 확신합니다.

위층에서 애들이 뛴다고요? '쿵쾅쿵쾅!' 그 소리에 몹시 화가 나고 울컥한다고요? 내 손주가 산다고 한번 생각해 보세요.

아마 조용하면 어디 아프냐고, 왜 그리 꿈쩍도 하지 않느냐고 찾아 올라가서 걱정할 걸요?

애들은 애들답게 뛰면서 '쿵쾅쿵쾅' 신나게 놀아야 한다면서….

아내가 말합니다.

"당신, 그 사람들 사는 수준을 생각해서 이왕 떡 돌리려면 좋은 거 줘야지, 시시한 떡 주면 먹지도 않아요."

아내는 벌써 나의 '행복한 작전'에 초를 칩니다.

50년 전, 내가 살던 그 산새 울고 꽃피는 시골 마을. 어머니가 떡을 하시는 날이면 나는 그 모락모락 피어나는 따끈한 시루떡을 신문지에 싸들고 온 동네 뛰어다니며 돌렸던 기억이 생각 너머 저편에서 정말 모락모락 피어납니다.

아! 우리 어머니는 그 시루떡 하나를 싸시면서 얼마나 행복해하셨을까?

넘말 혼자 사시는 할머니, 뒷말 몸이 불편하신 할아버지, 그리고 아랫말 애들만 사는 그곳까지.

나는 땀으로 범벅된 몸으로 그렇게 뛰어다녔어도 하나도 힘들지 않았습니다.

"아이구! 착해라. 녀석, 어머님한테 고맙다고, 잘 먹겠다고 꼭 전해 줘." 하시며 머리를 쓰다듬어 주시던 마을의 어르신들.

우리 어머니의 그 넉넉한 마음, 우리 어머니의 그 감칠 맛 나는 사랑.

올해 이 밤이 다 가기 전에 나도 어머니처럼 내 이웃에게 떡을 돌리고 싶었습니다.

비록 어머님처럼 내가 직접 만든 그 모락모락 한 시루떡이 아닌 백화점 떡집에서 늘어놓고 판매하는 떡일망정….

어머니가 보고 싶네요.

어린아이도 아닌데 어머니가 보고 싶네요. 우리 층 떡을 돌리고 나니 더 어머니가 보고 싶네요.

괜히 떡을 돌렸나 봐요. 어머니가 이토록 그리울 것 같았으면 나는 떡을 돌리지 않았을 거에요.

아내는 그래도 치매라도 드신 어머님이 살아 계셔서 '어머니, 어머니' 하고 마음껏 부르고 살지만, 나는 어디에서, 어디에 가서 어머님을 목 놓아 불러 보나요?

어머니, 보고 싶습니다. 내 사랑하는 어머니, 남기순 님.

 2015년 1월 CBS 『손숙, 한대수의 행복의 나라로』 방송

도둑질

 1965년 8월 15일,

지금으로부터 50년 전 국민학교 3학년 2반 여름 방학 때의 일이다.

광복절, 선조들은 이날 이 거룩한 날 태극기를 휘날리며 조국의 독립을 위해 목숨을 내놓고 만세를 불렀는데, 나는 이날이 오면 그때의 악몽으로 식은땀을 흘리며 광복이 아닌 한숨과 좌절로 이 치욕의 날을 보내곤 한다.

세상에 태어나 열두 살이 되어 착한 것과 나쁜 것을 구별할 줄 알고부터 부끄럽게도 나는 착한 것보다 나쁜 도적질을 먼저 해보았습니다.

50년의 세월이 흐른 지금도 90이 되신 이모님 얼굴을 정면으로 쳐다보지 못하고, 그저 이모님만 보면 뭉퉁그리 고개 숙이고 피해

다니는 이유가 나의 도적질의 산물이고, 나의 도적질이 남긴 슬픈 상처이다.

50년 전 그때 그 여름에….
사건의 전말은 이렇다.

방학이면 송도에 사시는 이모님 댁에 놀러 가서 몇 밤씩 자고 오곤 했는데, 하루는 사촌들과 숨바꼭질 놀이를 하다 하필이면 안방 번쩍이는 자개장롱 속에 내가 숨게 되면서 사건은 터졌고, 그만 장롱 이불 속에서 보아서는 안 될 것을 보았기 때문입니다.

부평 미군 부대 다니시는 이모부는 동네에서 알아주는 부자였는데 돈다발을 장롱 이불 속에 넣어 두셨나 봅니다.
나는 장롱 속에서 너무 놀라 악 소리를 지르며 뛰쳐나왔는데 그 후로부터 가슴이 뛰기 시작했습니다.

'와! 저 돈이 얼마나 될까? 세상에 저런 퍼런 돈도 있나? 저 돈만 있으면 내가 가지고 싶은 건 다 사겠다. 이모네는 부자구나!'
그 돈다발 속에는 세종대왕이 아닌, 수염 난 서양 사람도 그려져 있는 돈도 있던데, 그게 그 좋다는 미제 돈인가 보다 하고.

세상에 태어나 일 원짜리 돈만 보던 내게 100원의 퍼런 돈을 본 것은 황금과 보물을 동시에 본 것이었습니다.

아침에 등굣길에 사탕 좀 사 먹으려고 엄마한테 돈 1원만 달라면 엄마는 아궁이에서 소 죽을 끓이다 그 불붙은 부지깽이를 들고 쫓아 나오시며,

"이놈아, 돈이 어딨어? 이놈의 새끼가 엄마는 땅 파면 돈이 줄줄 나오는 줄 알아." 하시며 내 뒤를 100미터나 쫓아오시며 그렇게 악을 쓰시던 나의 어머님과 우리의 초라한 집.

아! 열두 살의 나는 장롱 앞에서 시인이 되었고, 장롱 앞에서 목사가 되었고, 장롱 앞에서 도적놈이 되어 갔습니다.

그래, 저 돈을 훔치자. 다 훔치는 것도 아니요, 몇 장만 빼내는 것인데, 인간적이고 순수하게 "이모님, 나 장롱 속에서 돈 보았는데요, 나 돈이 필요하니 돈 조금만 주세요." 해봐야 "그래, 아이구! 착한 우리 조카." 하며 상냥하게 주실 이모님도 아니고,

이렇게 위험스런 결단을 내리기까지 온 삼라만상의 생각이 열두 살의 머리에 스치고 지나갔습니다.

그래도 일요일이면 동네 예배당 주일학교 가서 돈 많은 삭개오가 돈 버리고 회개하는, 눈물 나는 성경 말씀도 들었고,

아담이 사과 몰래 따 먹다 하나님한테 걸려 된통 얻어맞는, 그런 무서운 얘기도 선생님께 귀가 뚫리도록 들었고,

요나가 하나님 말 안 듣다 고래 뱃속에 들어가 죽도록 회개하고 고생한 거 다 알고 있는데.

아! 들키면, 탄로가 나면! 아마! 나는 죽는다. 맞아 죽을 거다.

어머님의 가느다란 부지깽이가 아닌, 아버님의 그 든든한 참나무 지게 작대기가 날 내려 칠 것이고, 그리고 순사의 손에 이끌려 수갑을 차고 어쩜 감옥에 갈 줄도 모른다.

돈 훔친 도덕놈이라고.

한데 이상한 건 그런 무서움 뒤에는,

'야, 강민아. 너 그 돈이면 네가 그렇게 탐내던, 불빛 번쩍이는 손전등도 사고, 인천 미림극장에서 외팔이 나오는 중국 영화 상영한다는데, 그것도 연속으로 두 번 볼 수 있고, 극장 뒤 그 끝내주게 맛있는 짜장면집 가면 그거 단무지 공짜에다 살살 녹는 짜장면 그거 곱빼기도 먹을 수 있어.'

천사의 탈을 쓴 악마의 유혹이 벌써 콩닥이는 내 심장을 잠재웠고, 나는 절대 만져서는 안 될 돈뭉치에 손을 들이밀었습니다.

얼마를 움켜쥐었는지도 모릅니다. 한 움큼의 지폐를 내 가슴에 품고 이모 집을 뛰쳐나왔습니다.

얼마나 가슴이 뛰던지 한 걸음에 숨 열 번을 몰아 쉬었습니다.

그리고 나는 중국 무림의 고수 외팔이가 쌍검을 휘두르며 부모의
원수를 통쾌하게 복수하는 영화를 킬킬거리며 연속으로 두 번 보
았고,

스위치 척 올리면 불빛이 훤하게 나오는 손전등도 두 개 사서 아
랫집 친구에게 내 생애 처음, 그 비싼 것도 인상 한 번 안 쓰고

"야! 이거 너 가져." 하고 선물했으며,

친구들을 불러 짜장면과 생전 처음 먹어보는 짬뽕까지 시켜놓고
잔치를 벌였습니다.

인간성 보이는 중국집 주인이 탕수육도 함께 곁들여 먹으면 맛이
기가 막히다는 걸, 탕수육 그건 처음 들어본 이름이라 다음에 먹기
로 주인과 약속하고, 1965년 9월, 내 나이 12살 최후의 만찬을 나
는 성대하게 치렀습니다.

인천 중구 만수동 자유공원 맥아더 동상 아래 차이나타운 중국
집에서….

아마 그 뒤에 닥쳐올 일을 미리 알았으면 그때 탕수육과 고량주
도 한잔했을 겁니다.

그 무지하고 엄청난 뒷일을 그 짜장면 신나게 먹을 때 그때 알았
다면….

영원한 동지는 없다.

이것은 정치판의 일만은 아니었습니다.

나에게 손전등을 선물 받은 영원한 벗, 평생 나의 친구. '너는 내 운명'이라며 세상에 태어난 시는 틀리지만, 우린 죽을 때 같이 죽는다며, 삼국지의 관우와 장비를 결연하게 얘기하던 녀석이 배신할 줄은 아! 아! 나는 그때 몰랐습니다.

세상에 믿을 놈 하나도 없다는 전설 같은 이치를….

녀석은 전쟁놀이를 해도 꼭 나보고 대장 하라고 하고 자기는 보급장교를 한다고, 항상 최전방은 나에게 나가 용감히 싸우라고 하고, 이기면 제일 먼저 뛰쳐나와 적들이 버리고 간 전리품을 챙기고, 지면 제일 먼저 집으로 도망가는 원균 같은 녀석이었습니다.

그날도 우리는 들판으로 나섰고, 윗동네 애들을 나쁜 오랑캐 놈들이라 부르며 이들을 물리칠 작전 회의를 하고 있었습니다.

내가 산 손전등을 옆구리에 차고 그 번쩍이는 플라스틱 칼을 꼬나잡고.

한데 오늘 전투에 참가할 인원을 점검하니 내 친구가 없는 것이었습니다.

그래서 이놈, 이놈답지 않게 오늘 집에서 숙제하나 하고 회의를 다시 하는데, 저만큼 논두렁 너머로 호랑이의 목덜미에 잡혀 개처럼 끌려오는 희미한 물체가 있었으니, 나는 오랑캐의 갑작스러운 공습인가 하고 논두렁에 엎드려 망원경으로 전방 물체를 살피다 그만 "아악!" 외마디의 비명을 지르고 논두렁에서 굴러 떨어지고 말았습니다.

아버지가, 우리 아버지가 한 손엔 작대기를 들고, 한 손엔 내 친구의 목을 끌고 독일제 탱크처럼 달려오고 있었습니다.
"너 강민이, 이놈의 자식 잡히면 죽는다."는 고함과 함께….

아버지의 손에 잡힌 아들,
아버지의 그 육중한 손이 아들의 목덜미를 잡아 허공에 내던집니다.
마치 투망 잘 던지는 사람이 강물에 멋있고 힘차게 그물을 뿌리듯.

1965년의 가을 하늘은 청명했습니다.
이놈이 집안 망신 다 시키니 아비가 창피해서 얼굴을 들고 다닐 수 없다고, 아버지는 날 푸른 가을 하늘에 매몰차게 내던진 겁니다.

아!

옛날에 영조는 그의 아들 사도 세자를 그래도 일주일씩이나 뒤주 속에 가두어 두고 야금야금 죽였는데, 비정한 우리 아버지는 날 이렇게 한 방에 날려 죽이나 보다.

며칠 전, 그렇게 맛있게 먹었던 중화요리 짜장면이 목구멍에서 주룩주룩 나올 정도로 나는 아버지의 폭력에 무방비 상태로 맞았습니다.

우리 집안에 너 같이 손버릇 나쁜 놈은 없었다느니, 이놈이 누굴 닮아서 남의 물건에 손을 대느냐며….

그래! 이렇게 맞다가는 내가 여기서 죽는다는 생각과 아직 더 살고 싶다는 생각의 교차점에서 나는 무의식적으로 빗발치게 날아오는 아버지의 참나무 작대기를 한 손으로 막고 한 손으로 밀쳐내며 힘껏 내달렸습니다.

저 벌판 속으로 얼마나 달렸는지 모릅니다.

그 넓은 개울을 세 발걸음 만에 뛰어넘었고, 오십의 아버지는 열두 살 아들의 뜀박질에 숨을 몰아쉽니다.

"너, 거기 안 서? 이놈의 새끼 잡히기만 해 봐라."

아! 나의 도적질이 탄로가 났구나.

나의 도적질은 하나님과 나밖에 모르는 완전 범죄였다고 굳게 믿었는데, 어떻게 아버님이 아셨을까?

그래. 내가 손전등을 사준 녀석이 불었나 보다. 은혜를 원수로 갚은 나쁜 놈.

도원결의를 다지며 관우와 유비를 들썩이던 녀석이 열흘을 못 넘기고 우리 아버지에게 고자질하다니.

시골의 가을은 해가 유난히 짧습니다.

논바닥 볏 집단을 찾아 그 속에 웅크린 나는 범죄 뒤에 오는 우울하고 고독한 맛을 보고 있습니다.

저만큼 우리 마을 우리 집을 보니 굴뚝에 밥 짓는 연기가 피어납니다.

왠지 모를 서글픔이 굴뚝의 연기처럼 꾸역꾸역 몰려 왔습니다.

우리 부모님은 아들을 광야로 내몰고도 자신들은 저녁을 먹기 위해 밥을 짓고 있나 보다.

날 때리던 아버지보다 그냥 뒤에서 물끄러미 보시던 엄마가 더 미웠습니다.

그래도 엄마는 "애가 잘못했다고 하고 다시는 안 그런다는데 강민이 아부지, 고만 좀 때려요. 우리 아들 죽어요."하며 내 편에서 이 무자비한 폭력을 중지시킬 줄 알았습니다. 섭섭한 어머니.

내가 학교에서 개근상이라도 받아오면 내 아들 장하다며 그렇게 자랑하시던 울 엄마.

내가 운동회 때 달리기 3등 해서 공책이라도 한 권 들고 오면 아들이 올림픽에서 금메달 딴 것처럼 온 동네 다니시며 "내 아들, 내 아들." 하시던 울 엄마가 이 어두운 밤, 아들이 광야 볏 집단 속에서 흐느끼며 울고 있는데, 엄마는 밥을 먹겠다고 아궁이에 불을 지피다니.

별이 비칩니다.

시골의 밤하늘은 온통 은하수가 뿌려져 있습니다.

'꾸욱꾸욱' 울어대는 늙은 비둘기의 음란한 울음이 산골짜기를 타고 논두렁에 흐릅니다.

벼를 모두 베어낸 질퍽한 늦가을의 논바닥은 썰렁하다 못해 음산하기까지 합니다.

마을 집집이 등대처럼 희미하게 비치던 호롱불도 하나둘 꺼지고, 내 눈이 내 손을 볼 수 없을 정도로 질흙같이 깜깜한 어둠이 몰려옵니다.

전기가 없는 시골에 살아 밤이 어두운지는 익히 알았지만, 밤이 이토록 어둡고, 캄캄하고, 무서운지는 아무도 없는 논바닥에서 알았습니다.

부스럭대는 소리에 기겁을 하고 몸을 움츠리니, 들고양이 한 마리가 눈을 번쩍이며 쥐를 찾아 볏단 속을 노려보고 있습니다.

어둠에 비친 시퍼런 고양이의 눈동자는 고양이가 아니라 호랑이였습니다.

사람인지, 동물인지를 구별 못 하는 이 멍청한 고양이는 볏단 속에 웅크린 내가 쥐인 줄 알고 날 노려보며 야옹야옹, 기분 나쁜 울음을 쏟아내고 있습니다.

허나 난 "휘이! 이놈의 고양이 저리 가." 하고 고양이를 쫓아낼 담력도, 기운도 없이 볏단 속에서 꾸역꾸역 눈물만 흘리고 있습니다.

매년 방학이면 인천 송도에 사시는 부자 이모님 집에 날 유학 보내셨던 우리 어머님.

거기 이모님 집에는 미군 부대 다니시는 이모부 덕에 나는 입에서 살살 녹는 그 신기한 초콜릿도 먹을 수 있었고, 거기 그 이모님 집에선 노란 가지처럼 생긴 서양 바나나도 먹어 볼 수 있었는데.

아! 이제 거기 그 집에서 도적질을 했으니, 이제는 초콜릿이고 바나나고 모두 지나간 추억의 시간이요, 내일이면 소문은 소문을 타고 동네, 학교 할 것 없이

"저놈 강민이는 이모 집에서 돈 훔친 도둑놈이다." 하고 뉴스 특보처럼 바람같이 퍼질 텐데, 아이고! 이 일을 어쩌나?

아! 우리 아버지도 분명 날 낳으시고 돌잔치를 하셨을 텐데.

아니야! 아직 난 아버지한테서 "너 낳고 나 기분 엄청 좋았다." 이런 얘기 들어본 적이 없어.

"이놈은 계집애로 태어났어야 지 엄마 고생 좀 덜하는 건데, 이놈이 나와 니 엄마 고생줄이 훤하다 훤해." 하는 아버지의 자조적이고 아쉬운 푸념만 들었지요. 마치 페널티 킥을 못 넣은 선수가 중얼거리며 혼자 하는 말처럼 말입니다.

아니! 아버님!

세상에 나오는 것 내 마음대로 어떻게 막 나옵니까?

어버님은 할머니가 낳아주셨지, 아버지 맘대로 이 땅에 막 나왔습니까?

그럼 그렇게 막 나오셨으면 부잣집 아들로 나오셔서 자식들 고생 좀 덜 시키고 엄마 좀 호강시켜 드리지, 왜 이리 찢어지게 가난한 가정에 나오셨습니까?

나도 나오고 싶어서 나온 것도 아니고, 엄마 아버지가 기분 좋아서 밤에 날 만드셔 놓고.

그래, 이모 집에서 그깟 돈 120원 훔쳤다고 아들이 광야의 볏단 속에서 떨며 울고 있는데 찾지도 않아요? 아버지, 정말 내 아버지 맞아요?

꼬르륵!

어둠의 공포 속에서도 허기진 배는 계속 밥을 달라는 신호를 해 옵니다.

그래, 이제라도 집에 들어가 잘못했다고 자수하고 엎드려 빌까?

아니야! 아버님은 날 보면 이 도둑놈의 자식 뭘 잘했다고 집에 기어들어오느냐며 다시 내쫓을지도 몰라. 그럼 난 두 번 죽는 거야.

얼마나 지났을까? 가물거리는 의식 속에 희미한 웅성거림이 들려왔습니다.

볏짚을 스치는 바람 소리 같기도 하고, 볏짚이 바람을 힘겹게 막아내는 볏단의 울음소리 같기도 한 그 웅성거림의 속도가 빠르게 퍼지며 엄마의 숨소리가 바람을 타고 볏단 속으로 밀려들어 옵니다.

엄마가 날 찾아 횃불을 들고 광야로 나오신 겁니다.

나는 무의식으로 몸을 더 웅크리며 허리를 굽혔습니다.

"이놈이 이 밤에 어디 갔어? 강민아, 내 새끼 강민아!"

엄마의 애절한 울음이 볏단을 헤집고 들어와 내 쪼그라진 심장에 지문처럼 꾹 박힙니다.

볏단 사이로 비친 가을의 밤하늘은 온통 은하수로 물들어 있습니다. 내 주위를 맴돌며 야옹야옹 나쁜 울음을 토해내던 나쁜 고양이가 어둠 속으로 저 멀리 사라집니다.

그 후!

50년의 세월이 지났습니다.

어머님과 아버님은 30년 전에 돌아가셨고, 90을 넘어 아직 생존해 계신 이모님을 찾았습니다. 2016년 2월 8일 설날, 부천 석왕사 대웅전에서 불공을 드리신다는 소식에 산사를 찾아 조용히 기다리니 백발의 이모님이 불공을 마치고 나오십니다.

삼 자매 중 어머님이 제일 큰 언니이신데, 두 분의 이모님이 생존해 계셔 함께 불공을 드리고 나오시는 모습에 문득 어머님이 보고 싶고, 그리 일찍 돌아가신 것이 너무 서운했습니다.

두 분의 이모님을 식당으로 모시고 가 점심을 대접하고 건강하게 사시라고 인삼을 드렸습니다.

"송도 이모님, 제가 초등학교 때 이모님 집에 놀러 가서 장롱 속에 돈 120원 훔쳤는데요, 그거 용서해 주세요."

이모님은 껄껄 웃으시며 "야, 언제 그런 일 있었냐? 너, 그래서 벌금으로 인삼 주는 거냐?" 말씀하시고는 한바탕 웃으셨습니다.

어머님의 몫까지 오래오래 건강하게 사셨으면 하는 마음입니다.

대웅전의 부처님이 빙그레 미소 짓고 있는 것 같았습니다.

- 『동행』 2016년 5월호에

일본국 대사관

 1990년 회사 일과 관련된 모임에서 일본을 여행하는 기회가 있었습니다.

처음 해외여행이라 그 설렘도 있었고, 국민학교 때부터 듣고 자란 가깝고도 먼 나라 일본은 어떤 나라인가 하는 호기심도 가득했습니다.

나의 기억은 일본 남자 하면 머리를 빡빡 밀고 그 머리 한복판에 상투를 틀고, 기저귀를 입고, 긴 칼을 차며, 나막신을 끄는 사람.

그런 사람이 일본 남자이고, 일본 여자는 총총걸음에 복잡한 기모노를 입고 눈꼬리를 쳐올리며 얼굴에는 하얀 분칠을 해 이상스러운 화장을 하고 다니는 줄 알았습니다.

그래서 일본은 아직도 임진왜란을 일으킨 나쁜 나라요, 독립군을 잡아 죽인 무서운 사람들이라는 것이 내 생각이었습니다.

물론, 거기엔 일제 강점기 일본인에게 고초를 당하시었던 우리 아버지가 지니고 있던 피해 의식까지 내 간증으로 더해져 솔직히 나는 우리나라가 운동경기에서 꼴찌를 하더라도 일본만은 처참하게 이겼으면 좋겠고, 일본에 가끔 지진이 일어나 뉴스가 되어도 겉으론 "어이쿠, 저 사람들 안 되었네." 했어도 속으론 '요놈들, 고것 봐라.' 하고 얼굴 가리고 웃지 않았나 합니다.

아무튼! 이런 생각을 가진 내가 4박 5일 일본 땅을 밟았습니다.

공항에 내리자마자 먼저 기분 나쁜 건 사람들이 그렇게 잘 웃는다는 것이었습니다.

초면에 서로 어색하기 이를 데 없는데 가는 곳마다 "쓰미마셍." 하며 고맙다고 웃으며 허리 굽혀 인사하는데, 이런 인사에 익숙하지 않은 나는 얼마나 어색한지…. 그래, 일본 사람들 겉으론 저렇게 웃지만, 나중엔 간과 쓸개도 다 빼 간다는 중학교 역사 선생님의 말씀을 기억으로 더듬으며 일본의 못난 모습 찾기에 신경을 곤두세웠습니다.

일본은 거리가 깨끗하고 질서가 있으며, 음식도 낭비하지 않고 조금씩 소식하며, 초등학교 애들도 겨울에 추위에 적응하기 위해 짧은 치마와 바지를 입고 다닌다는, 일본 칭찬하기에 열 올리는 가이드의 말에 조금은 신경질이 났습니다. '저 사람, 일본 와서 가이드하며 살더니 매국노 다 됐구먼. 매국노.' 하는 의구심이 한가득했습니다.

전자 제품 캐논과 쏘니가 판을 치던 그 시절, 나를 더 놀라게 한 것은 고속도로에서 다른 차들은 꽉 막혀 줄지어 서 있는데, 우리 차는 매표소에 돈도 안 내고 쏜살같이 지나가는 것이었습니다. 속으로 나는 '아! 우리 차는 외국인이 타서 그런 특전을 주나 보다.' 하고 신기해했는데, 나중에 알고 보니 그게 '하이패스'라는 것을 알고 쓴웃음을 지었습니다.

여행 스케줄에 도쿄 도청 건물을 방문하는 시간이 있었습니다.
사진을 찍기 위해 필름을 사러 슈퍼에 들렀더니 필름은 있는데 사람이 없는 것입니다. 일명 무인 판매기인데, 그 기계를 다루지 못한 나는 진열대에서 두 통을 필름을 만지작거리다 그만 슬쩍 주머니에 넣었습니다.
가슴이 콩닥콩닥했습니다. 도로 제자리에 놓을까 하다 문득 이런 생각이 내 머리를 스쳤습니다.

'그래! 일본, 네놈들이 우리나라에 와서 얼마나 약탈을 했느냐? 나라를 빼앗고 국모를 죽였으며, 네놈들 국보 1호인 칠지도도, 우리나라 백제 유물이며, 금 불상을 비롯해 수많은 왕릉을 파헤쳐서 얼마나 쓸어 갔으며, 호남평야에서 추수한 쌀과 함경도의 황금 소나무, 신안 염전의 깨끗한 소금 놋수저와 요강 단지까지. 아니! 그 늠름한 백두산 호랑이까지 모조리 훔쳐 가며 잡아갔는데.

어디! 그뿐이랴. 개인적으론 우리 아버지가 네놈들한테 겪은 고초가 얼마인데, 내가 이까짓 필름 두 개 훔친 것이 뭔 죄가 되느냐?' 하는, 일명 마음으로부터 이것은 죄가 아니라는 변론의 목소리가 들려왔습니다.

'너 잘했다'라고까진 할 수 없으나, 그것은 죄가 아니라는 나 스스로 합리화하는 목소리가 들렸습니다. 그리고 그 필름에 대한 기억을 잊었습니다.

그리고 세월은 흘렀고, 더불어 그 일도 잊었습니다.

그런데 언젠가부터 TV 화면에서 일본 뉴스만 나오면 그 동경 도청 필름 사건이 '쿵쾅쿵쾅' 투영되며 가슴 저 밑바닥에서부터 밀려왔습니다.

'너! 이강민, 넌 도둑놈이다.' 하는 알 수 없는 가슴속의 괴로움이

'그래! 예수 팔아먹은 가롯 유다도 그 회계의 기회를 잃어버리고 끝내 목매 자살했는데, 나도 그 죄를 자수하고 마음 편히 살자.' 하고 마음을 먹게 했습니다.

허나! 그 필름값을 주자고 비행기 타고 일본으로 갈 수도 없고, 고민 끝에 은행에 가서 엔화로 돈을 바꾸어 필름 두 통 정도의 값과 얼마의 속죄비를 더하여 일본 대사관에 편지와 함께 그 돈을 보냈습니다. 물론 거기엔 이런 문구를 넣었습니다.

"한국 사람입니다. 그리고 예수님을 믿는 사람입니다." 하는 문구와 나의 잘못을 사죄드리며 이를 용서해 달라는 내용도 포함해서.

답장은 없었지만, 그 편지를 보내고 난 후 나는 TV에서 나오는 일본 뉴스를 편하게 볼 수 있었고 내 마음이 얼마나 편한지.

늦었지만 이렇게라도 용서를 빈 나에게 스스로 손뼉을 쳐 주고 싶었습니다.

- 2017년 지필문학 수필 부문 신인상 수상

세월호의 친구

내 고향 친구 정원재가 세월호에서 그만 죽었다.

나이 60이 넘었다고 국민학교 동창들과 제주도로 환갑 여행을 가다가 엊그제 인천 국제성모병원 장례식장에 다녀왔다.

차마 친구 부인의 슬픈 눈을 바라볼 수 없어 그냥 고개만 숙였다.

평소 듣지도 못했던 진도 팽목항에서 며칠을 지새우다 거의 탈진 상태에서 아버지의 시신을 찾았고, 이내 너무 지쳐 축 처진 몸으로 벽에 기대 조문을 맡는 상주 아들을 보고, 그냥 미안하다며 악수도 못 하고 나왔다. 힘내라고 어깨라도 두드려 주고 싶었지만, 그 또한 빈말 같아서 그냥 미안하다고 했다.

정말 미안했다.

마치 내가 세월호의 그 구역질 나는 선장 같아 미안하고, 마치 내가 밖에서 고함만 쳐대는 바보스러운 해경 같아 미안했다.

장례식장엔 성당 신자들이 모여 찬송을 부르며 위로하는데, 왠지 그 곡조가 너무 슬퍼 그냥 눈물만 나왔다.

"며칠 후 며칠 후 요단강 건너가 만나세…" 하는 그 슬픈 곡조에 모두 울지는 않았지만, 울음 너머에 또 다른 슬픔의 눈물이 있어 차마 여기서 우는 것도 사치라고 느껴졌다. 장례식장에서 밥을 먹는데 아무도 말을 하지 않았다. 밥이 아니라 슬픈 약을 먹는 기분이었다.

켜진 텔레비전에서는 진도 앞바다 그 희뿌연 안갯속의, 여기가 세월호 자리라고 표시한 둥둥 뜬 검은 풍선만 보여주고 요란스럽게 울리는 고무보트의 사이렌 소리만 화면에서 투영된다.

화면 모퉁이의 생존 숫자, 174는 요지부동인데, 실종자 숫자는 연기처럼 줄어들고 사망자 숫자만 낙엽처럼 쌓여 간다.

한잔 술에 취한 친구가 뱉어내는 독한 한마디가 가뜩이나 무거운 장례식장의 분위기를 찢어 놓는다.

"어? 말야. 이놈의 대한민국은 말 잘 듣는 놈들은 다 이렇게 죽는 거야. 선생이 있으라 해서 그냥 있었고, 선장이 움직이지 말라고 해서 꿈쩍도 안 하고 있었는데, 말 잘 듣는 놈들은 다 먼저 죽는 나라야. 이거 개판 아냐?"

내 친구 정원재!

용유도에서 자라 거기 국민학교를 졸업했고, 선생님까지 하며 살다가 우리 동네 '인천 백석동'으로 이사 와 조경 회사를 운영하던, 천주교 세례명 대건 안드레라는 이름을 가진, 참으로 멋들어진 친구였는데….

가끔 만나면 친구 조경회사 앞마당 늘어진 소나무 밑에 앉아 이런저런 세상 얘기도 하고, 동네 일, 성당 일이라면 제 일처럼 발 벗고 나서고 지갑을 툴툴 털어 기부하며 봉사하던, 모두 엄지 손을 꼽던 원재 아닌가!

아마 친구도 저 세월호라는 뱃속에서 너 먼저 나가라고 다른 사람의 등을 밀어주며, 그렇게 그렇게 아름답고 슬프게 갔으리라 믿네.

나는 말야. 자네가 의사자라 믿네. 자네와 내가 그렇게 깊이 아는 사이는 아니었지만, 가끔씩 들려오는 이런저런 고향 소식에 자네는 늘 아름다운 주인공이었네.

나도 이렇게 서운하고 이렇게 억울한데, 원재 자네 아내와 아들딸 마음이야 오죽하겠는가? 분명 천국에서 천주님이 안드레처럼 보호하고 계시리라 믿네. 이 땅의 슬픔, 이 땅의 모순을 다 잃게나.

여기 대한민국도 이래서는 안 된다며 온통 난리네. 세월호 이전과 세월호의 이후의 우리의 습관과 상식과 가치관도 몽땅 바꿔야

한다고 온 세상이 난리네.

원재야!

지금 라디오에서 들리는 조용필의 노래 「친구여」가 가뜩이나 우
울한 나를 슬픔의 끝으로 몰고 가네.

> "꿈은 하늘에서 잠자고 추억은 구름 따라 흐르고
> 친구여 모습은 어다 갔나 그리운 친구여
> 옛일 생각이 날 때마다 우리 잃어버린 정 찾아
> 친구여 꿈속에서 만나자 조용히 눈을 감네…"

슬프다.

우리 시대 한국전쟁이 끝나고 60년 동안 이런 슬픈 계절이 또 있
었을까? 물속의 자식을 생각해 열흘 동안 물 한 모금 넘길 수 없었
다는, 축 늘어진 아버지. 같이 가자며, 네가 이 땅에 없으면 내 삶의
의미가 없다고 몸부림치는 어머니. 엄마, 아빠, 오빠, 세상의 모든
것을 잃고 멍하니 허공을 바라보는 여섯 살의 아름다운 소녀.

아! 미안하다.

어른이 된 우리는…

나이가 70이면 뭐하고, 80이면 뭐 하나? 70 먹은 선장은 손자 손녀뻘 되는 애들을 외면하고, 혼자 살기 위해 그 추한 모습으로 구명정에 뛰어드는데….

아버지 하나님,

요나처럼, 고래 뱃속의 요나처럼 저들을 토해내 살려 주시옵소서!

 2019년, 2020년 2회. 문화방송 「여성시대」 특집 세월호 추모방송에 방송

어라! 벌써 70이네

　　　　세월의 시계는 '째깍째깍'!

공휴일과 국가 명절도 모른 채 한 치의 오차도 없이 선생님의 호루라기 소리에 맞춰가는 초등부 1학년 학생들처럼 '앞으로 앞으로' 앞만 보며 쉼 없이 나아갑니다.

기쁘고 행복했던 순간을 좀 잡아 놓으려 해도, 아프고 쓰린 상처의 시간을 좀 잊으려 해도 세월의 시계는 수천 년, 그렇게 우리의 개인사를 아랑곳하지 않고 우리를 끌고 갑니다.

어떤 사람은 세월의 끝에는 지옥과 천당이 우리를 기다린다고 하고, 어떤 이는 가는 시간을 멈추기 위해 온갖 병원을 찾아다니며 지나가는 시간을 애타게 잡아보곤 합니다. 우리나라 남자 평균 수명이 80.5세라 하는데, 아마 그 0.5는 하나님이 보너스로 주신 것인지, 0.5가 그렇게 소중하게 느껴지는 70입니다.

혹여! 어떤 사람은 인생은 70부터라 하고, 70에 동네 경로당이라도 가면 마치 어린이집에 입학하는 학생 대우받는 기분이라는데, 그래도 80.5세의 그 끝에서 계산하면 70은 장수한 것이라 볼 수 있습니다.

초등학교 동창 기준으로 보면 벌써 70은커녕 60도 못 채우고 간 친구들이 부지기수인데, 이 정도까지 살다 죽으면 예전 같으면 호상이라고 동네에서 잔치를 벌일 나이입니다.

팽이도 수백 번 맞아야 제 자리를 찾는다는데, 70년 살면서 이리 넘어지고 저리 넘어지며 그래도 이 정도 균형을 잡고 산 것은 축복이 아닐까 하는 생각도 듭니다.

이제 남은 10년 6개월, 더 보람차고 예쁘게, 그리고 겸손하게 살아야겠다는 마음이 가슴 저 밑에서 숙연하게 치고 올라옵니다.

그런 내가 70이 되었습니다. '종심소욕불유구'라고, 나이 70이 되면 하고 싶은 대로 하여도 도를 넘지 않는다고, 인생을 내다보는 '득도'는 아니라도 세상 이치를 어느 정도 내다보며 성찰할 수 있는 나이라지요?

제가 유튜브로 잘 듣는 천주교 황창연 신부님은 노후를 즐기려면 절대 자식들에게 유산을 남겨주지 말고, 집을 담보로 대출받아 놀고먹고 여행하면서 인생을 살라고, 그렇게 목이 터지라고 말씀하시는데, 머릿속으로는 '그래, 그 말씀이 정답이야.' 하면서도 몸뚱이가 그 뜻을 따라주지 못하는 것은 편하게 놀고먹겠다는 자기 신념이 작기 때문이고, 힘들고 모질게 살아온 과거를 그리 쉽게 편한 방식으로 포기할 수 없는 인생 철학이 있기 때문이겠지요.

자식에게 유산 많이 주면 자식 버리는 길이라는 거 다 아는 얘기이고, 열심히 살아야겠다는 자식들의 의지도 약하게 만든다는 것도 얼핏 다 아는 얘기입니다. 어쩜 자식들이 부모가 남겨놓은 유산을 가지고 싸움도 일어나는 그런 흔한 세상이니까요.

60년 전, 한 방에서 부모님과 4형제가 추운 겨울 화롯불에 둘러앉아 화롯불 속에 숨겨진 고구마를 꺼내먹으며 그렇게 지냈던 이야기.

겨울이면 웃목의 요강이 얼어 돌덩이 된 요강을 아침마다 비우러 다녔던 일, 형의 옷이 내 옷이고, 내 옷이 동생 옷이었던 그 이야기를 자식들에게 얘기하면 무슨 고려말 공민왕 시대, 나라가 쇠약한 그 시대의 지나간 역사를 끄집어내냐는 듯 미간을 찌푸립니다.

하긴, 스마트폰 하나 가지고 지구의 정보를 한눈에 꿰뚫어 보고, 저 아프리카 밀림의 사자가 어떤 동물을 어떻게 잡아먹나, 북극과 남극의 곰과 펭귄들은 그 추운 겨울을 어떤 방식으로 살아가나 하는 모습도 핸드폰의 버튼을 몇 번만 누르면 금세 알 수 있는 세상. 아니 포탄이 펑펑 날아다니는 전쟁도, '백군 이겼다 청군 이겼다' 중계되는 희한한 세상에 4형제가 화롯불에 앉아 고구마 구워 먹던 이야기는 전설 속 신화이겠지요.

하지만 그래도 세월은 가고 이젠 당뇨도 있고, 소변을 보면 '질질 질' 그 끝이 항상 이슬비 오는 날 우산 없이 걷는 기분이고, 아무 곳에서나 누우면 장소와 시간을 가리지 않고 코를 골던 잠은 이미 내 곁을 '꺼이 꺼이' 떠난 지 오래고, 이리 뒤척 저리 뒤척 잠 한번 푹 잤으면 좋겠다는 것이 소원일 만큼 잠도 쉽게 오지 않는 70입니다.

이것 먹으면 시원하게 '확' 뚫어준다고 광고하는 어느 유명가수의 전립선 특효약이라는 것도 요란한 광고로만 끝낼 뿐 전혀 약발이 먹혀들지 않는 나이입니다.

예전에 어른들을 보면 무슨 약을 저렇게 밥 만큼 많이 드시나 했는데, 어라? 지금의 내가 그렇습니다.

뭐 어디가 특별히 아파서 입원할 정도는 아니지만, 약 먹고 병원 가는 횟수가 많아진다는 것은 병원에 붙어있는 장례식장 갈 날도 가깝다는 것 아니겠습니까?

어쩌다 병원이라도 가면 의사 선생님은 꼭 한마디를 약 처방 위에다 덧붙입니다.

"이젠 연세가 드셔서 약으로 치료하는 것도 한계가 있구요. 매일 운동하시고 매일 즐겁게 사세요."

하며 의사가 아니어도 다 아는 처방을 나한테만 특별히 알려준다는 식으로 말씀하십니다.

아들 며느리가 아버지 칠순기념으로 해외여행을 한번 다녀오시라 하여 눈의 나라 일본 삿포로에 다녀온 적이 있습니다. 예전 여행하고는 좀 다른, 묘한 생각이 들더군요.

여기저기서 칠순을 축하한다고 케이크를 주고 축가를 불러주었지만, 정말 이제는 늙어가는 것이 확실한 거 같은 느낌도 들고요, 이에 그것을 증명하는 확인식 같은 느낌도 들고요.

어느 유명가수의 노래 가사처럼 우리는 늙어가는 것이 아니라 아름답게 익어가야 하는데 말입니다.

몇 년 전부터 70이 되면 이렇게 정리해야겠다는 생각을 쭉 해왔습니다. 한데 막상 그 시점이 오니 괜히 허전해지고 뭔가 슬픈 생각이 차오릅니다.

우선 올해 내가 35년을 대표로 있으며 지켜오던 회사 대표 자리를 직원들에게 물려주었습니다.

그리고 15년을 살던, 아침이면 햇빛 들고 공원이 보이던 포근한 이 집을 아들에게 물려주고, 나는 아들이 사는 작은 집으로 이사를 할 겁니다. 또한, 교회에 장로로서 봉사하던 직임도 내려놓고 일

▶ 칠순 기념

▶ 신인 문학상을 수상하고

▶ 일본 삿포로에서

선에서 물러나 조용히 다닐 생각입니다. 더불어 이것저것 뛰어다니며 하던 마을 동대표직도, 여기저기서 활동하던 모든 직함을 다 내려놓기로 했습니다.

그나마 실력은 없지만, 그 쓰기마저 내려놓으면 삶의 의미를 반감시키는 것 같아 『동행』이라는 잡지에 편집장은 계속 붙잡기로 했습니다.

문학이 뭔지, 수필이 뭔지도 모르고 방송에 투고한 글이 어쩌다 당선되었다고 우쭐거리다 문단이라는 먹필판에 덤벙거리고 뛰어들었으니, 내 글에서는 애초에 고도의 문법이나 글의 안정감은 기대조차 할 수도 없고요, 어느 책에서 보니 '수필은 오래된 연적이요, 청초한 학이며, 날렵한 여인의 몸매'라고 했는데 내 수필은 인생의 마지막을 바라보며, 절규하며 쓴 실패한 사람의 처절한 유서 같기도 합니다.

어떤 장면은 탭 댄스를 추는 술 취한 아줌마의 민망한 뒷모습 같기도 해요. 내 가엾은 수필은 그래서 가끔 글을 쓰는 나도 아슬아슬 외줄을 타는 것 같기도 하고, 내 글을 읽는 사람도 늘 조마조마하죠.

이런 곡예사 같은 나에게 어느 유서 깊은 문예지에서 '이달의 수필가'라고 사진을 대문짝만하게 실어주었고, 어느 문학회에서는 글 잘 쓴다고 문학상까지 주어 그 빛이 그때 받은 꽃다발만큼이나 한

가득합니다.

기독신문과 해병대 신문에서는 내 글이 순수하다며 연재까지 해주어 송구한 마음 가득하고요, 신현배 시인의 추천사 글처럼 글의 기본 메뉴가 없으니 일식·중식·한식 다 썩어서 만든 짬뽕 같은 내 글은 내가 보아도 중국집 메뉴판에 가격이 하단에 있는, 고급 요리가 아닌 대중 음식입니다.

어떤 독자가 이런 내 글을 서점까지 걸어가 그 비싼 돈을 주고 사서 읽고 장문의 편지를 보내 왔습니다.

내 글을 읽고 용기와 위로를 받았다고 하시면서 작가님은 "참 재미있고 행복하게 사시는 것 같다."라는 표현을 넣었길래, "아니에요. 다 사기예요." 하고 답장을 보내고 싶은데 보낸 사람의 주소가 없어요. 자기는 늘 초조한데 작가님은 늘 행복해 보인다는 자기 방식의 일방적 주장만 늘어놓고….

인터넷에서 '행복이란 무엇인가' 하는 단어를 검색해 보았습니다.

구구절절 그럴듯한 언어들이 예쁜 모양으로 화면에 쏟아져 들어옵니다. 그중에 '아! 그래.' 하고 수긍하며 고개를 끄떡일 몇 개의 언어들을 바구니에 담아 봅니다.

"행복이란 밤에 푹 자고 아침에 깨었을 때 그 상쾌하고 맑은 기분, 놀이터에서 땀 흘리며 모래성을 막 완성한 어린이의 그 흐뭇한 미소, 아기의 목욕을 막 끝내고 마른 수건으로 아기를 감싸안으며 내려다보는 엄마의 환한 눈빛." 이런 것이 행복이라고, 예쁜 모양이라고 연결되어 있더군요. '나는 돈이 있어야 행복하다.'라는 언어도, 그래도 한 줄 정도는 있는 줄 알았는데 말입니다.

그럼 '돈으로 살 수 없는 귀한 것' 하고 한번 다시 검색을 해보니, 그 답에도 나는 고개를 끄떡였습니다. 사람의 착하고 선한 마음, 즐겁게 살 수 있는 건강함, 믿음·소망을 뛰어넘는 사랑 정신, 자기 몸을 던져 약한 자를 구하는 희생정신, 겸손하고 온유한 절제가 몸에 밴 올곧은 선비의 바른 자세 등은 절대 돈으로 계산할 수 없다는 겁니다.

들은 얘기로는, 어느 돈 많고 집을 많이 가진 부자가 죽기 전 자식들을 불러 놓고 유언을 했답니다.

자식들은 혹여 아버지가 돌아가시기 전 나에게 어떤 유산을 물려줄까 내심 기대하며 다 모였는데, 아버지는 임종 전 마지막 유명한 유언을 했답니다.

"자식들아, 똑바로 들어라. 지금이 방세 올릴 때다. 방세 올려라, 방세 올려." 하고 숨을 거두었다니, 참 사실이라면 눈물 나게 가슴 아픈 얘기입니다.

성인들의 말씀에 세상에서 제일 긴 여행이 머리에서 가슴으로 내려오는 30cm의 여행이라는데, 그 30cm 거리 속에는 세상만사 인생의 희로애락이 다 들어 있고, 지옥과 천국까지 거기 있지 않을까 생각도 해 봅니다.

▶ 매일 저녁 성경공부하고 기도하는 손주 손녀의 모습

햇볕 잘 드는 창가에 앉아 한잔의 커피를 마시며 이 집을 아들과 손주에게 물려준다 생각하니 한편 기쁘기도 하지만, 그 쓸쓸함이 커피의 쓴맛에 더해서 가슴에서 무언가 '울컥' 하고 얹히는 느낌입니다.

셋방에서만 전전하다 방이 세 개나 있는 이 집을 분양받고, 이 집에 처음 들어와 거실에서 우리 부부가 손잡고 눈물 뚝뚝 흘리며 울던 일, 돌이켜 생각하면 이 집에 들어와 기쁘고 아름다운 소식만 넘쳐났던 이 집을, 어떤 사람들은 집값이 오르고 내리고에 온통 초점을 맞추고 사는 사람도 있지만, 우리는 다른 나라의 일이라고 생각하며 여기서 우리 부부가 살다가 죽겠다던 이 집을 나는 올해 떠납니다.

35년 동안 IMF를 거치며 힘들게 끌어온 회사를 직원들에게 넘기니 한편 보람도 있지만, 공장 구석구석 때 묻은 손길과 거래처와 현장에서의 수많은 기억들이 주마등처럼 지나갑니다.

잘 나가던 해에는 직원 전 가족이 연말에 해외여행을 나가 춤추며 노래했던 아름다운 기억들, 거래처에서 받은 어음이 부도가 나서 막걸리 두 병을 배낭에 메고 한라산을 미친 사람처럼 뛰어오르며 세상과 하나님을 원망했던 아픈 과거가 고스란히 묻어 있는 이 회사를 30년을 함께 했던 직원들에게 물려줍니다.

35년 회사 대표를 해 오면서 나는 사업가보다 철학자라는 얘기를 더 많이 들었고, 직원들 입에서 '우리 사장님은 더불어 함께하는 분'이라는, 그래서 한번 입사하면 퇴사하지 않는 회사라는 소리를 들어 나름 보람과 긍지도 한 아름 가지고 있고, 더불어 여기 오기까지 애써주신 직원들의 노고와 수고에 무한한 감사를 드려야 하겠지요.

"그래! 자네들이 나보다 더 풍성하고 좋은 회사를 만들어라." 하는 내 유언 같은 목표가 나이 70에 같이 녹아있습니다.

아파트 동대표로서 주민들과 어울려 이런저런 사업을 하며 박수도 받고 고함도 치던 그런 추억들이 나이 70이란 숫자에 묻혀 내

육신의 곁에서 바람같이 빠져나갑니다.

하지만 내 가슴에 지문처럼 착 달라붙어 있는 정신은 70이고 80이 되어도 사라지지 않을 것이라 나는 믿습니다.

마지막 남은 10년 6개월,

'최선을 다하여 살자'라고 외치는 나의 음성이 2023년 12월의 마지막 달력의 흔들림 속에 미소 지으며 조용히 묻혀 갑니다.

그는 특수 임무 수행자였다

 1973년, 내 나이 열여덟.

그 시퍼런 나이에 나는 조국이 무엇인지, 군대가 무엇인 줄도 모르고 해병대에 지원 입대를 하였습니다.

50년이 지난 지금도 그때 그 시절 전우들이 동기라는 이름으로 모여 그 힘들고 아름다웠던 추억을 새기며 지내고 있습니다.

예비군을 지나 민방위를 넘어, 이젠 한 갑을 훌쩍 넘긴 나이에 노병이란 계급을 달고 말입니다.

50년 전의 해병대 263기.

그 시절 보통사람들은 귀신도 잡았다는 그 군대를 개병대로 불렀는데, 우린 거기서 정말 낮에는 개처럼 헉헉거리며 지독한 훈련을 받았고, 밤에는 개나 맞는다는 '빳다'라는 몽둥이를 엉덩이에 맞으며, 정말 개처럼 끙끙거리며 살았습니다.

한데 이상한 건 그렇게 개처럼 훈련을 받고 그렇게 개처럼 맞고서도 왜 이토록 힘든 훈련을 시키냐고, 주인에게 대들며 물어뜯는 병사나 엉덩이 맞아서 아프다고 날뛰며 주인을 고발하는 병사 하나 없었으니, 지금 생각해도 그 집단은 참으로 신기하고 기막힌 집단이었습니다.

훈련할 때는 고무보트를 머리에 메고 바다가 아닌 산으로 기어올라가며,

"우리는 멋쟁이 바다의 사나이 조국이 부르면 어디든 달려가는 사랑에 살고 의리에 죽는 우리는 해병대 헤이 빠빠 룰라 악 악."
하며 자랑스럽게 곤조가를 부르고 다녔으니….

50년 전, 그때 그 시절에는 그런 일들이 통했습니다.

죽었던 사람도 일어나며 산천초목도 무서워 벌벌 떤다는 훈련소 순검시간에는 너무 긴장해 여기저기서 숨넘어가는 소리가 꼴깍꼴깍 박자를 맞추듯 내무실 천장에 울려 퍼졌고, 정말 눈동자 돌아가는 소리가 '사각사각' 고요의 적막을 흔들었습니다.

그런 동기들이 매달 동기회라는 이름으로 모여 추억의 꽃을 피웁니다.

▶ 1973년 청룡부대 수색대 시절 동기들과

　그 3년의 군 생활을 30년 이상 한 주임상사처럼 잔뜩 부풀려 그 시절의 군 생활을 뽐내는 동기들이 있습니다.

　선임들은 베트남전쟁이 한창이던 그때 베트남 부대 식당에서 밥이나 하던 것을 부풀려 청룡 작전에 나가 비 오듯 쏟아지는 포탄을 피해 베트콩을 양손에 잡고 돌아왔다는 둥, 어떤 동기는 공수 낙하를 하는데 자기 부대는 특수부대라 육지에서 300m 상공에서 낙하산을 펴야 하는 특별한 규칙이 있다는 둥 허세를 부렸습니다.

　또한 어떤 동기는 한술 더 떠 침투 명령을 받고 야간에 폭우가 쏟아지는데 보트를 타고 적진에 침투했는데, 아마 지금 생각하니 거기가 평양 대동강 근처였던 것 같았다며 영화 실미도에서 본 것을 누구 본 사람이 없다고 뻥에 뻥을 보태어 군대 안 간 여자들이 듣기에도 민망한 거짓말을 한 치의 쉼도 없이 토해 냅니다.

그러나 어쩔 수 없는 건 해병대 안 가 본 사람이 거기 끼어들어 말도 안 되는 소리 하지 말라고 할 수도 없고, 그런 뻥이 날뛰는 속에서 한 동기는 자기 군대생활에 대해 한마디 말도 안 하는 것이었습니다.

군대서 너는 무슨 훈련을 받았느냐 물으면 대청도에서 특수 임무를 수행했다고, 더 알면 다치니 거기까지만 알고 있으라고 침묵하며 입을 꾹 닫습니다.

대청도! 거기 코앞이 북한이고, 청와대 폭파 임무를 띠고 남파한 무장공비 김신조가 있던 124군 부대가 바로 코앞에 있는 그 무시무시한 곳 아닌가! 거기서 특수 임무를 수행했다면 이놈 이거 죽을 때까지 입을 닫고 살아야 할 확실한 특수 임무 수행자구먼 하고 궁금에 궁금을 더해 갑니다.

그러니 다른 동기들은 이 동기 앞에서는 늘 주눅이 듭니다.

헌병대고, 보안대고, 공수부대이고, 수색대 출신이고 간에 한 가닥 하는 부대일지라도 여기 특수 북파부대 출신 동기가 있는데, 네놈들 껍죽대지 마라 하는 묵언의 흐름이 동기들 간에 형성되어 있습니다.

어느 날, 그 동기와 둘이 술잔을 기울이는 시간이 있었습니다.

그때도 우리는 50년 전의 얘기를 술판에 안주로 꺼내 놓고 지금도 현역인 듯 소리 내어 그 날을 얘기합니다.

"야, 동기야. 나는 강화 말도라는 곳에서 정말 민간인 얼굴도 못 보고 그렇게 3년을 보냈는데 너는 그 대청도에서 군 생활 어떠했느냐?"

물으니 한잔 술에 취한 동기는 껄껄 웃으며 자네만 알고 있으라는 묵언의 비밀로 신호를 보내며 그 특수 임무의 비밀을 조심스럽게 공개합니다.

나는 그가 털어놓는 그 특수 임무의 고백을 듣고 술잔을 떨어뜨리며 '악' 하고 외마디 비명을 질렀습니다.

아! 세상에 이런 일도 참. 녀석은 대단한 놈이구나 하는 감탄사를 연발하며….

45년 전, 그 시절 그가 배치받은 곳은 대청도 어느 소초였다고 합니다.

부대원도 소대 병력밖에 없고, 아무리 계급이 높아야 다이아몬드 하나 단 소대장이 제일 높고, 중대장도 배 타고 한 달에 한 번 정도 순찰을 올까 말까 하는 작은 섬이었답니다.

하물며 대대장 이름도 모르고, 본 적도 없고, 선임 얘기로는 여기 있다가 본대 들어가 제대증 받을 때나 대대장하고 악수 한 번 한다고 하는, 그런 외진 곳에 그가 배치를 받았다고 합니다.

그래도 대청도가 인심은 좋아 가끔 이장이 숭어에 소주 한 짝씩 소대에 주어 그것을 위문품으로 생각하며 위안 삼고 지내는데, 그날도 숭어회에 낮술을 한잔하고 소초 바닥에 누워 있는데 '띠디 띠리띠' 하고 무전기가 울리더라는 것입니다.

그래서 한잔 취한 목소리로 "감 잡았다. 일병 김윤석!" 하고 답을 했는데, 거기서 나오는 소리가 지글지글대며 반말 비슷한 게 영 비위가 상하더라는 것입니다.

취한 김에 언뜻 들으니, 옆 섬 소청도에 근무하던 동기가 휴가 다녀왔다는데 녀석이 장난으로 무전 치는구먼 하고

"할 말 있으면 얼른 하시오, 동기생 오버." 하고 답을 했는데, 갑자기 "야! 나 대대장인데 소대장 바꿔." 하더랍니다.

대대장이란 호칭은 훈련소에서나 들어 보았고, 반말에 영 비위가 상해

"야! 나 소대장인데 너 인마 계급을 올려도 너무 올렸어." 했더니 그쪽에서 호통을 치며 "야 인마! 너 누구야?" 하며 악을 쓰더랍니다.

그래서 동기도 성질이 나서 "야 인마! 네가 대대장이면 난 사단장이다."

'이놈이 휴가 갔다 오더니 기압이 싹 빠져 사단장 목소리도 모르는구먼.' 하며 술도 한잔 했겠다, 한번 속 풀이를 했다는 겁니다.

그리고 시간은 그렇게 폭풍전야처럼 흐르고, 다음 날 아침 사색이 된 소대장이 하얀 얼굴로 뛰어들어 와

"어제 대대장님한테 무전 받은 놈이 누구냐?"라며 어제 대대에서 통신 보안 점검하는데 도서 부대는 대대장님이 직접 하시던 중 대청도에서 엄청난 사건이 벌어져 대대가 발칵 뒤집혔다는 것입니다.

이젠 우리 대청도 부대원 다 죽게 생겼다며 오들오들 떨더라는 것입니다.

그 소리를 들으니 어제 먹었던 숭어가 입으로 스멀거리며 기어 나오는 것 같았고, 입대 전 마셨던 소주까지 다 토할 것 같더랍니다.

그 높은 대대장님에게 "야 인마! 네가 대대장이면 나는 사단장이다." 했으니, 아이고! 이젠 제대하긴 틀렸구나. 대대장은 권총도 차고 다닌다는데, 이러다 대대장에게 총 맞아 죽으면 그래도 국립묘지 가나? 아니면 개처럼 아무 곳에서나 죽어 대청도 푸른 바다에 수장될 것인가?

그것부터 생각나더랍니다.

동네에서 그 힘든 해병대 간다고 친구들과 송별회 뻑적지근하게 하고 제대하면 부모님께 죽도록 충성하겠노라고 엊그제 정성스럽게 편지까지 보냈는데 아! 여기서 생을 마감하나 보다 하고 생각하니 죽기 전 사형수처럼 오히려 침착해지며 담대해지더라는 것입니다.

그리고 그 다음 날, 소대장의 호출이 있었습니다.

아! 이제 죽으러 가나 보다 하고 내 팔자를 탓하며 기막힌 한숨을 쉬고 있는데 소대장님이 하시는 말씀,

"너 대대장님께서 특별히 용서하시어 너에게 절대 위험한 무기나 무전기 만지지 못하게 하고, 제대할 때까지 부대 뒷산에서 도서 부대원들에게 공급할 돼지하고 염소나 키우라고 명령하셨다."

이래서 그에게 특수 임무가 떨어졌으니 이름하여 '특수 축산 사육 관리병.' 이러니 낙하산 타고, 보트 타며 산악을 누비는 다른 전우들 틈에 끼어 무슨 할 말이 있나요?

3년을 돼지와 염소를 이끌며 외딴섬 산속을 누비며 살았으니….

이제 나이를 먹어가며 우리도 나이 따라 함께 익어 갑니다.

대대장님에게 "인마, 네가 대대장이면 나는 사단장이다." 하고 배포 있게 외친 나의 동기에게 큰 박수와 함께 사랑한다는 말 전하고 싶습니다.

추운 겨울 전방에서 수고하는 우리의 장한 아들들에게 수고한다는 말, 고맙다는 말 꼭 전하고 싶습니다

동기들아, 파이팅! 우리는 부라보 해병대다.

은퇴사

 평생 처음으로 한복을 입어 보았습니다.

이 멋진 한복을 입어도 옷이 이렇게 어울리지 않는 것은 한복이 잘못된 것이 아니라 옷걸이가 한복을 받쳐주지 못하기 때문입니다.

이처럼 장로라는 옷도 나에게 어울리지 않았는데, 이젠 세월의 법에 따라 장로라는 옷을 벗게 되었습니다

'은퇴'라고 그 유명한 네이버 선생님께 한번 여쭈어 보았습니다.

선생은 나에게 "은퇴란 모든 직에서 물러나 한가로이 쉬는 것이다."라고 답을 주셨습니다.

격동하는 시대에 그렇게 한가롭게 쉴지는 모르겠으나 암튼 이젠 이 짐을 내려놓습니다

그동안 70년 인생 마라톤 길을 잘 이끌어주신 주님께 감사드립니다.

럭비공처럼 어디로 튈지 모르는 나를 그 뛰는 공을 잡아 잘 이끌어주신 목사님께 감사드리고, 또한 아침에 바나나 빵으로 대충 주지 않고, 꼭 밥과 국을 차려주는 아내에게 고맙다는 인사를 드립니다.

그래도 한가지 자신 있게 말할 수 있는 것이 있다면 어디 가서든 우리 목사님 뒷담화는 하지 않았다는 겁니다. 그래도 저는 수·우·미·양·가 중에서 미 밑으로 점수를 주어본 적이 없습니다.

'장로란 무엇인가' 이렇게 검색을 해 봤더니, 장로는 모든 면에서 성숙하고 가족관계, 대인관계, 공동체 생활에 있어서 원만한 사람, 더불어 덕망이 있으며 다른 사람을 지도할 수 있는 역량이 있는 사람…. 이렇게 쭉 나오더군요.

나를 거기에 비교해 보니 성숙하지도 못했고 원만하지도 못했으며, 더불어 덕망도 별로 없는 것 같아 부끄럽고 민망하기 이를 데 없습니다.

그래도 한 가지 위안으로 삼는다면 목사님 부부와 함께 그 더운 여름 필리핀 캄덴교회에 가서 산타 복장을 하고 선물을 나누어 주던 일, 평신도 선교사로서 반석교회에 파송되어 최선을 다해 섬겼다는 일, 동행을 만들고, 코로나 때 수요 약수터도 방영했으며, 필그림 오케스트라의 창단과 살롬 성가대와 함께한 추억은 우리 교회에서 봉사한 아름다운 추억으로 영원히 기억될 것입니다.

은퇴를 하면 아내와 둘이 시골 교회를 찾아다니며 그곳에서 수고하시는 목사님들 삼계탕이나 대접해 드리고 지내는 것이 작은 소망입니다.

이 땅에서 진짜로 은퇴하는 날, 그 날도 오늘처럼 꽃다발이 5월의 벚꽃처럼 쏟아졌으면 좋겠고요, 주님이 수고했다, 참 잘했다 하는 칭찬의 말씀을 들었으면 좋겠습니다.

이제 인생 전·후반을 뛰고 연장전을 돌입하는데 정말 부끄럽지 않은 원로 장로 이강민이가 되겠습니다.

그동안 우리 성도님 만나 행복했고요.

동행에서 다시 뵙겠습니다.

- 2024년 3월 3일, 은퇴 예배에서

▶ 은퇴 예배에 장로님들과 함께

아버지와 소

초판 발행   2016년 4월 25일
개정증보판 발행   2024년 4월 24일

지 은 이   이강민
펴 낸 이   이기성
기획편집   서해주, 윤가영, 이지희
표지디자인   서해주
책임마케팅   강보현, 김성욱
펴 낸 곳   도서출판 생각나눔
출판등록   제 2018-000288호
주   소   경기도 고양시 덕양구 청초로 66, 덕은리버워크 B동 1708호, 1709호
전   화   02-325-5100
팩   스   02-325-5101
홈페이지   www.생각나눔.kr
이 메 일   bookmain@think-book.com

• 책값은 표지 뒷면에 표기되어 있습니다.
   ISBN 979-11-7048-694-7(03810)